CW01095140

EH BIEN DANSONS
MAINTENANT !

DU MÊME AUTEUR

L'immeuble des femmes qui ont renoncé aux hommes,
Michel Lafon, 2014 ; Le Livre de Poche, 2015. (Prix Saga
Café 2014 – meilleur premier roman belge.)

www.editions-jclattes. fr

Karine Lambert

EH BIEN DANSONS
MAINTENANT !

Roman

JC Lattès

Couverture : Atelier Didier Thimonier
Illustration : Hélène Crochemore

ISBN : 978-2-7096-5664-1
© 2016, éditions Jean-Claude Lattès
Première édition mai 2016.

Au premier amour,
au dernier amour...

« Il est grand temps de rallumer les étoiles. »

Guillaume Apollinaire

1

Elle avait finalement choisi celui en acajou avec quatre poignées en cuivre. Le modèle 328 : vingt-deux millimètres d'épaisseur, doublé de satin, antitermite, résistant à l'humidité. « Inaltérable », d'après l'employé des pompes funèbres. Étanche à tout. Sauf au repos éternel.

« C'est à vous de choisir, madame. »
Depuis trois jours cette phrase résonnait en elle comme un coup de marteau. Décider si le cercueil devait être ouvert ou fermé, si la photo serait en couleurs ou en noir et blanc, si le traiteur servirait des sandwichs mous ou des pains surprises. Et puis, devait-on absolument entourer

la couronne mortuaire d'un ruban blanc qui proclamerait *À mon cher mari* ?

« C'est à vous de choisir, madame. »

Menue dans son tailleur de circonstance gris perle, un rouge à lèvres discret en harmonie avec le fard à joues, elle fixe la tombe. Digne et impeccable, c'est ainsi que l'aimait Henri. Cinquante-cinq ans et dix-sept jours de mariage. Le seul homme qu'elle ait connu, le seul homme qui l'ait vue nue. Quinze mille réveils partagés et un matin, le dernier. Dans le lit jumeau, il n'avait pas ouvert les yeux. On pouvait lire sur l'annonce nécrologique *Parti en toute légèreté pendant son sommeil.* Un écart aux usages qui n'avait pas plu à son fils unique, Frédéric.

Inconcevable qu'il soit là, à l'intérieur de cette boîte que les fossoyeurs vont descendre dans le trou puis recouvrir de terre. Autour d'elle des silhouettes familières : le docteur Dubois, les notables de la région et des cousins éloignés venus de province. Sa fidèle Maria lui adresse un signe de tête discret. Marguerite Delorme est désormais la veuve du notaire. À ses côtés, dans un costume noir, Frédéric, mordillant sa lèvre inférieure pour museler toute émotion, lui tient le coude. Carole, sa belle-fille, a posé la main sur l'épaule de leur fils Ludovic. Tout à l'heure à l'église, il a dit quelques phrases sur ce grand-père avec qui il partageait peu de mots mais une même passion pour le tennis. Le petit garçon lisait son papier en tremblant, il était revenu s'asseoir à côté de sa grand-mère et elle avait caressé sa joue. Émue, Carole avait détourné le regard.

Avec des cordes de marin les croque-morts descendent lentement le cercueil dans le sol éventré. Elle ferme les yeux et serre la main de Ludovic. Son fils lui tenaille le coude encore plus fermement que tout à l'heure. Quand les cordes remontent, elle a l'impression que le plus difficile est derrière elle.

Les gens défilent : la courbette de madame Machin, le commentaire de monsieur Untel, comment est-elle censée réagir ? Elle accepte courtoisement l'assaut de condoléances.

— Quatre-vingt-cinq ans, c'est un bel âge.

— Il a eu un parcours exemplaire.

Eh bien dansons maintenant !

— Je vous souhaite beaucoup de courage.

Des étrangers lui étreignent la main et la gardent longtemps, silencieux. Qui sera le suivant ? Elle se demande si quelqu'un va se tromper et lui dire sincères félicitations.

Puis viendra le temps de la valse des zakouski et des tasses de café. La veille, elle a visualisé le déroulement de la cérémonie et maintenant elle est là, en chair et en os. Cette nuit d'insomnie et la chaleur inhabituelle de ce mois de septembre rendent ses idées confuses.

À chacun elle répond :

— Ça va aller.

Comme si c'était elle qui devait les consoler. Et parce qu'elle n'a rien d'autre à espérer. Elle ne croit pas aux retrouvailles dans l'au-delà. Il y avait Henri et Maguy. Maintenant il ne reste que Maguy.

Elle a refusé que la réception se déroule dans la salle communale à côté de l'église. Elle préfère les pièces en enfilade de sa maison bourgeoise, entourée de ses meubles et de ses bibelots. Un repère au milieu de ce qu'elle ne maîtrise plus. Le regard des autres la redéfinit, elle est passée en mode sépia. Des voix ouatées s'entre-mêlent dans sa tête : « Il faut absolument qu'elle pleure », « Assieds-toi », « Bois quelque chose », « Tu veux un thé, une aspirine, un calmant ? ».

Elle répète les seuls mots à sa disposition.

— Ça va aller.

Sur le pas de la porte, Frédéric l'embrasse sur le front comme il a toujours vu son père le faire. Ludovic se blottit dans sa jupe et murmure :

— Je t'aime grand-mère.

Ils sont tous partis, son salon lui semble immense. Oui, ça va aller. Elle va franchir le cap de Bonne-Espérance, traverser l'Atlantique et si elle a encore un peu de force, gravir l'Eve-rest. Henri aurait sans doute pensé que les petits fours au chèvre étaient en nombre insuffisant.

Elle vacille, se rattrape au guéridon, le vase rempli d'œillets se renverse. Elle regarde les éclats de verre, l'eau qui détrempe le tapis et les fleurs agonisantes lui font monter les larmes aux yeux. C'est toujours lui qui fermait la porte de la maison à clé. À double tour. « On n'est jamais trop prudent », disait-il. Elle enlève ses chaussures, la veste de son tailleur de veuve et se laisse tomber sur le divan en velours, désemparée. Hélène lui manque. Sa sœur l'aurait entourée et ses bras auraient accueilli son chagrin. Qu'aurait-elle pensé des trois sonates de Chopin pendant la messe ? « On aurait dû jouer un bon rock pour faire bouger tout ce petit monde. » Sa belle Hélène n'est jamais loin.

Elle allume machinalement la télévision qui diffuse éternellement les mêmes jeux avec des rires et des cris de gagnants. « Pathétique et ridicule », aurait commenté son mari. Elle regarde le fauteuil vide, c'est toujours là qu'il s'asseyait. Un whisky écossais posé sur la table, il passait d'un débat politique à une émission économique. Elle se plongeait dans un livre. Sans un regard, sans mots d'amour, sans un mot plus haut que l'autre non plus. Un homme et une femme, deux corps et deux âmes. Lui : raide comme un acte notarié. Elle : la flamme d'une bougie qui tremble mais ne s'éteint pas. Aujourd'hui, héritière de la télécommande, elle ne maîtrise pas les touches. À l'écran, un documentaire nippon sur la pêche au thon.

Quand il rentrait de l'étude, Henri ouvrait sans bruit la porte de la maison, accrochait son manteau et son chapeau dans l'entrée et, sans lui signifier sa présence, disparaissait dans son bureau pour n'en sortir que quand elle annonçait : « Le dîner est servi. »

Le premier jour de leur vie commune, il avait énoncé ses directives. Marguerite, c'était trop long, trop floral, et Maguy s'accordait mieux avec Henri. Son nom de baptême ne fut plus prononcé qu'à de rares occasions et jamais en présence de son mari. Elle ne travaillerait pas. Unique concession : le bénévolat à la bibliothèque municipale deux fois par semaine. Elle porterait exclusivement des robes et un chignon, comme la première fois qu'il l'avait vue. Ils n'auraient pas d'animal de compagnie. Un seul enfant, de préférence un garçon. Et sur un ton qui n'encourageait pas la contradiction, il avait conclu : « Il serait souhaitable que nous continuions à nous vouvoyer. »

Heureusement il y avait eu Frédéric. À la naissance de leur fils, Henri avait imposé le prénom de son compositeur préféré et, peu avant ses six

17

ans, il l'avait inscrit au pensionnat Saint-Roch. Marguerite avait pleuré puis s'était consolée en imaginant son enfant unique plus heureux au milieu de camarades de son âge. Elle se réjouissait de le retrouver le week-end et organisait des pique-niques et des sorties au poney-club pour rendre le samedi et le dimanche mémorables. Les autres jours s'écoulaient à côté d'Henri. Il achetait *Le Monde* chaque matin et commentait les fluctuations des marchés boursiers entre le potage et le dessert au dîner. Marguerite écoutait poliment ce charabia en hochant la tête de temps en temps. Et le premier jeudi de chaque mois, Maria astiquait l'argenterie. Henri et Maguy Delorme recevaient.

Au début de leur mariage, il prenait des bains remplis à ras bord de mousse. Il pouvait rester une demi-heure les yeux fermés, le torse émergeant de l'eau, fredonnant quelques notes de musique, d'une voix presque agréable. Il ne le faisait nulle part ailleurs. À quelques mètres de la porte entrouverte, elle attendait qu'il l'appelle et lui demande de le rejoindre. Un jour elle avait osé : « J'aime bien quand vous chantez dans la baignoire. » Il s'était enfermé à clé. Elle collait son oreille pour l'entendre encore, guettant le remous de tous les possibles.

Ils formaient un couple policé, sans surprise ni dispute. Les seules mimiques qu'il s'autorisait : un sourcil froncé ou une moue désapprobatrice. Patiente et discrète, ne dévoilant pas ses états d'âme, elle s'était accommodée de son caractère. Elle n'avait pas connu d'autre homme et, en l'absence de consignes maternelles quant à la façon d'honorer son époux, leur existence se consumait sans mode d'emploi. Leurs nuits aussi dignes et impeccables que leurs jours. Pourtant elle était persuadée que cet homme droit et pudique l'aimait à sa façon.

Immobile, en peignoir de flanelle et pantoufles de velours, face à un pêcheur japonais brandissant un thon au bout de son harpon, Marguerite murmure :

— J'ai soixante-dix-huit ans, qu'est-ce que je vais faire de ma vie ?

2

Marcel Guedj sort du cinéma et jette un dernier coup d'œil à l'affiche du film *El Gusto*. Il n'a pas envie de descendre les marches du métro et encore moins de rentrer chez lui. Les mains dans les poches, il déambule sur les Grands Boulevards. Des mois qu'il n'avait plus mis les pieds dans une salle obscure et ces hommes séparés depuis cinquante ans, à nouveau réunis pour jouer de la musique chaâbi et revivre leur jeunesse, l'ont bouleversé. Alors, il continue d'errer au hasard des rues de Paris et se remémore ce jour de novembre 1954 où il a quitté son pays.

Eh bien dansons maintenant !

Son père avait senti le vent tourner. Les indépendantistes avaient saccagé son exploitation agricole, désormais rien ne serait plus pareil. Ils devaient fuir avant que les événements ne s'aggravent et que le ciel ne s'assombrisse tout à fait. La famille laissait derrière elle la maison près de la rivière et les ancêtres dans leurs tombes. Marcel abandonnait son institutrice, ses camarades de classe et le terrain de foot. Il venait d'être promu avant-centre et devait jouer à sa nouvelle place la semaine suivante. On avait donné le chien Oscar à une voisine. Elle avait juré qu'elle s'en occuperait et qu'à leur retour il serait là. Personne n'y croyait mais tout le monde mimait l'impossible.

Un cousin germain qui vivait en métropole avait envoyé une lettre que le père avait fièrement lue à ses fils.

Cher André,
Nous serons heureux de vous retrouver, toi, ta femme et le petit Marcel qui doit être grand maintenant. Je vous ai déniché un appartement, il est situé non loin de ton futur travail. Parce que, oui, tu lis bien, je t'ai trouvé un poste de

jardinier à la municipalité de Vincennes, ainsi tu resteras proche de la terre que tu aimes tant. Vous serez à l'étroit mais, comme tu le dis souvent, le vent tournera un jour dans la bonne direction. J'ai une autre grande nouvelle : j'ai repéré un meublé pour tes amis et leur fille Nora, s'ils vous accompagnent encore. Quand je suis rentré en France il y a dix ans et que j'ai vu sur le fronton d'une mairie, écrit en lettres grasses dans la pierre, Liberté – Égalité – Fraternité, *je me suis dit : ne cherche plus, tu es au bon endroit. Olga se réjouit comme moi de vous retrouver. Appelle-moi quand tu seras à Marseille pour me dire quel train tu prends. Tu descendras à la gare de Lyon. Je serai là pour vous accueillir. Bonne traversée. Je t'embrasse.*
Ton cousin Maurice

Robert, le fils aîné mécanicien de dix-neuf ans, voulait encore croire à l'Algérie française, il avait décidé de rester, quoi qu'il en coûte. Marcel avait refusé de le serrer dans ses bras, il avait préféré partir sans un dernier regard. Deux frères ballottés sans ménagement par les événements.

Ils avaient tout empaqueté à la hâte, gardé le service à thé et la cocotte-minute, mis de côté les matelas. Les meubles suivraient plus tard. Ils avaient quitté leur maison de nuit, laissant du linge au balcon pour faire croire à une présence. Et pour le reste, *inchallah* !

Leurs voisins les Ben Soussan et leur fille Nora avaient pris la route eux aussi. Le même choix d'échapper à la violence et de se mettre à l'abri d'une situation devenue inquiétante. C'était cette perspective qui déposait un peu de baume sur le cœur meurtri de Marcel : Nora faisait partie du voyage. Il l'emmenait depuis toujours en haut des collines pour échanger des serments légers comme le vent et lui faire découvrir les chemins sinueux entre la Grande Ourse et la Chevelure de Bérénice. Une enfance bénie des dieux.

Sur le quai numéro trois, rien n'évoquait un exode. Des touristes débarquaient, le marchand d'oranges n'avait pas fermé boutique, la vie continuait comme si la vague d'attentats du début du mois n'avait jamais eu lieu. Seules quelques maisons éventrées préfiguraient l'avenir. André avait pris sa décision et il s'y tiendrait. En première page de *L'Écho d'Alger*, il était écrit : « Partir à temps. » Marcel regardait son père comme un héros. Il avait une confiance absolue en lui et l'aurait suivi au bout du monde sans poser de questions.

À dix-huit heures trente, cette nuit du 29 novembre 1954, le *Sidi Mabrouk* avait quitté le port d'Alger. Il lui faudrait douze heures pour rallier Marseille. Des mouchoirs s'agitaient : de minuscules adieux qui allaient séparer des existences. Des passagers aux visages défaits s'accrochaient au bastingage, conscients qu'ils ne reviendraient pas sur cette terre où cinq générations les avaient précédés. L'estomac noué, ils regardaient, hébétés, les montagnes disparaître derrière les lignes des maisons blanches d'El-Bahdja, la radieuse, et leur pays se dérober. Le désespoir de tout laisser et la peur de l'inconnu se lisaient dans leurs yeux. Le jeune garçon voyait son père pleurer pour la première fois. Les hommes redeviennent des enfants quand ils quittent leur patrie.

Marcel contemplait la voie lactée. Aucun ciel ne ressemblerait à celui-là. À douze ans, il croyait fermement que ces étoiles étaient uniques et qu'il ne les reverrait plus jamais. Pour lui, à cet instant, une seule chose comptait : la main de Nora dans la sienne. Deux mômes traversaient une mer immense vers un pays dont ils ne savaient rien. On leur avait dit : « On part à Vincennes près de Paris, la capitale de la France. On ira voir la tour Eiffel, un échafaudage d'allumettes en fer. »

Entre trois valises en carton et deux sacs en toile de jute, les parents de Marcel avaient fini par s'endormir. Puis au loin, de l'autre côté du pont, on avait entendu un vieux chant populaire. Un accordéon, un banjo, un tambourin, semblables à des chevaux noirs lancés au galop, puis le lent et triste trémolo de la flûte qui s'élevait comme une âme perdue dans le brouillard, se mêlant aux voix des hommes et des femmes. La musique chaâbi les avait pris aux tripes, leur faisant tourner la tête comme à la fête du village. Juifs, musulmans, chrétiens, Français, Algériens, tous unis. Marcel avait fermé les yeux. Bercé par la mélodie, il n'avait plus peur et il s'était fait la promesse que la vie serait belle dans la petite ville de Vincennes, parce que Nora était de l'aventure.

Il s'éloigne des Grands Boulevards. Marcher lui fait du bien. Il veut encore revivre les zooms et les travellings arrière.

Serrés les uns contre les autres, entourés de tout leur barda, tel un clan d'émigrants, les Guedj et les Ben Soussan formaient un groupe hétéroclite devant la gare de Lyon. Des murs gris crasseux à l'infini, des façades étroites, un géranium anémique oublié sur un rebord de fenêtre, un ciel uniforme, un fin crachin. C'était donc ça la capitale de la France ?

Ils avaient emménagé à Vincennes dans l'appartement provisoire déniché par le cousin Maurice. Il faisait rudement froid ce premier hiver et il n'y avait qu'un poêle à charbon, dans la cuisine. On y faisait également chauffer une bouilloire pour les ablutions du soir, le matin on avait droit à l'eau glacée. Marcel n'appartenait plus à l'Algérie mais ne se sentait pas métropolitain non plus. La cour de récréation en béton avait remplacé la terre battue, les marronniers les orangers et la pluie cachait le soleil. Heureusement Nora était dans la même école que lui. Les deux familles se retrouvaient pour partager des boulettes épicées, le rituel du thé à la menthe – plantée en douce dans un coin du jardin municipal – et de la musique chaâbi aux vertus thérapeutiques. Les deux pères joueraient et chanteraient jusqu'à la fin de leurs jours. Marcel et Nora s'inventaient des collines dans le bois de Vincennes et tentaient d'apprivoiser leur nouvel univers en jouant à cache-cache dans les ruelles du quartier. On ne montait plus à dos de bourricot, on ne capturait plus de salamandres dans les rochers, on découvrait les baguettes et le saucisson. On devenait citadin.

Il allait fêter ses quinze ans quand la nouvelle était tombée. Pire qu'une tempête de sable. Nora n'était pas venue en classe ce jour-là. Quand il était rentré à la maison son père l'attendait sur le pas de la porte. Il lui avait simplement dit : « La grand-mère de Nora a été hospitalisée d'urgence, ses parents n'avaient pas le choix, ils sont tous rentrés au bled. »

Pour Marcel la vie devenait une succession de départs et d'arrivées. Sans elle, Vincennes n'avait plus d'intérêt et l'Algérie lui manquait plus que jamais. Dans ses nuits d'insomnie la même question tournoyait dans sa tête : pourquoi ne m'a-t-elle pas dit au revoir ? Ce silence lui mangeait le cœur. Et lui, pourquoi ne l'avait-il jamais embrassée ?

Mais encore une fois, le quotidien avait repris ses droits. Sous le sapin de Noël, une grande boîte contenait un télescope et chaque soir en observant les étoiles dans le ciel de Vincennes, il se disait qu'elle les regardait peut-être aussi, là-bas.

Ses parents l'avaient inscrit dans un lycée professionnel où il avait passé son bac. Tous ses camarades de classe avaient déjà choisi un métier alors que lui se perdait dans des rêves impossibles et se cognait aux quatre coins de la vie. Il avait travaillé un mois dans un garage pour se sentir proche de son frère mais il détestait l'odeur du cambouis. « Qu'est-ce qu'on va faire de toi ? » lui avait dit son père. Pendant les vacances, il

29

avait trouvé un petit boulot d'étudiant au zoo de Vincennes. Les animaux en exil l'avaient immédiatement fasciné et il avait postulé pour la place de soigneur qui allait se libérer. Des collègues sans histoires et sans fantaisie laissaient la place aux rencontres insolites. Il connaissait chaque écaille du python de la cage numéro trente-sept devant laquelle il passait tous les matins, la tortue d'eau avec son bandage à la patte et le tigre du Bengale avec ses moustaches qui remontaient comme s'il riait. Et il s'engouffrait ébahi dans cette jungle au milieu de la ville, où régnait une odeur de sciure et de crottes de souris, cherchant l'oiseau rare que personne n'avait encore jamais vu. Il était chez lui dans ce petit paradis.

Entre la douce élégance des girafes et l'espièglerie des singes, sept ans avaient passé. Un jour, cachée entre des mandats postaux et une publicité pour la nouvelle grande surface, une carte postale, affranchie à Mouzaïa en Algérie : *Je reviens. Vincennes me manque et pas seulement Vincennes. Nora.*

3

— Ça fait longtemps madame Delorme. J'ai du rumsteck ou de belles escalopes de veau. Je vous en mets deux comme d'habitude ? Finement tranchées ?

— Je n'en prendrai qu'une seule aujourd'hui, s'il vous plaît.

— Autre chose pour votre mari ?

C'est si difficile à dire : défunt, décédé, mort. Elle n'aime pas ces mots définitifs et les mines désolées qu'ils suscitent chez ses interlocuteurs. Le deuil la cloue au sol et il lui manque le mode d'emploi pour l'affronter.

— Non merci, il est en voyage.

Tout le monde connaissait maître Delorme à Maisons-Laffitte. Le boucher saura très vite qu'elle a menti mais pour l'instant elle se cogne à la réalité. Elle voudrait être transparente, son désarroi lui appartient.

Elle cherche dans son portefeuille l'argent que son fils lui a donné pour ses dépenses quotidiennes ainsi que le faisait Henri. Si elle envisage un achat plus important, elle doit le soumettre à son approbation car dorénavant c'est lui qui gère ses biens. Elle est priée de conserver les tickets de caisse. Et si l'envie lui venait de s'offrir un thé au jasmin avec un éclair au chocolat ?

— N'oubliez pas votre paquet. Belle journée.

— À vous aussi.

Plante privée de son tuteur, elle devait désormais apprendre à se débrouiller sans lui. Des petits pas pour commencer. Une seule assiette à table, une cuillère, une fourchette, un couteau, un verre, une serviette dans son rond en argent et s'asseoir dans la grande salle à manger. Au bout d'une semaine, elle avait décidé de s'installer dans la cuisine. Elle avait remplacé le poisson du vendredi par des coquillettes au beurre qu'il n'aimait pas, allumé la radio pour briser le silence, picoré, jeté le reste des coquillettes dans la poubelle. Juré quelquefois et s'en était étonnée.

Henri remplissait sans dire un mot et selon un rituel immuable cette machine qui tournait pour si peu. D'abord les verres, puis les deux assiettes l'une derrière l'autre et après seulement les couverts, alignés un par un. Il lui interdisait de faire la vaisselle parce que le détergent aurait abîmé ses mains. Elle prenait ça pour une preuve d'amour.

Elle les caresse doucement et se dit qu'elle aurait pu mettre des gants. C'est trop tard maintenant. Elle regarde l'évier comme si la vie s'arrêtait là.

Combien d'heures à égrener avant le coucher ? Il n'avait jamais voulu installer de volet, ni même de rideau à la porte-fenêtre du jardin. Tous ces grands arbres dans le fond dessinent des ombres inquiétantes. Et si quelqu'un se cachait là ? Et s'il frappait à la fenêtre en pleine nuit ? Un inconnu, le nez collé contre la vitre. Avec Henri, elle n'avait jamais éprouvé cette frayeur qui lui revient comme une peur de petite fille. Un jour elle jouait à cache-cache avec Hélène, au bout d'un quart d'heure elle ne l'avait pas trouvée, elle s'était assise par terre en larmes, persuadée qu'elle l'avait perdue pour toujours. Les chagrins d'enfance nous collent à la peau.

Elle était passée de la maison de ses parents à celle de son mari. Une vie tiède à l'abri des soucis et d'une passion dévorante.

Et si les plombs sautent ?

Et si elle n'arrive pas à ouvrir le pot de confiture ?

Et si elle glisse dans la baignoire ?

Elle n'envisage pourtant pas de déménager, encore moins d'aller vivre chez son fils. Le week-end dernier, il lui a dit : « La tante de Carole est dans une maison de retraite avec des gens de son âge. Elle est moins seule. Et nous, on est plus tranquilles. » Que vont-ils faire d'elle ? Va-t-on la déposer un matin sur le trottoir, le jour où les éboueurs ramassent les encombrants ?

Comme s'il lisait dans ses pensées, il avait ajouté : « Mais maman, c'est pour son bien. »

Désormais elle se calfeutre chez elle. Elle a ressorti de sa bibliothèque les premiers romans de Françoise Sagan et, page après page, elle tente quelques instants d'oublier la lettre de la banque : *À partir du 1ᵉʳ octobre, toutes les informations vous seront envoyées par voie informatique : veuillez nous communiquer votre adresse mail.* Elle se sent perdue dans ce monde qui avance beaucoup plus vite qu'elle. La semaine passée la machine avait avalé sa carte. Affolée, elle tapotait le clavier sans succès. Dans la file, une femme avait crié : « Hé ! La vioque, tu nous fais perdre notre temps. » À qui demander de l'aide ? Madame Leonard n'est plus derrière son guichet. Marguerite aimait prendre des nouvelles de Floriane, sa petite-fille qui a le même âge que Ludovic.

Elle n'a pas d'adresse mail, juste un stylo et du papier. Elle a peur des imprévus, peur de mourir, peur de vivre seule. Peur de la peur. Tout au long de leur enfance, sa grande sœur avait toujours été la meneuse. Hélène, l'intrépide, la poussait à sauter dans l'eau, à courir à perdre haleine, à cueillir des mûres et se barbouiller le visage de jus noir. Elle n'avait jamais eu besoin d'une autre amie, elles échangeaient leurs vêtements, croquaient dans le même pain au chocolat, partageaient leurs secrets. Installées sur le lit de l'une ou de l'autre, les jambes entremêlées, elles lisaient et relisaient *Les Malheurs de Sophie* et *Les Quatre Filles du docteur March* et s'amusaient ensuite à mettre en scène les aventures de leurs héros préférés. Hélène jouait toujours le garçon et interprétait le cousin Paul devant Marguerite un peu trop sage. Les mêmes fous rires les saisissaient encore des années plus tard. Hélène était passionnée de mode et Marguerite la rejoignait parfois à Paris pour assister à un défilé « New Look ». En 1956, elle avait réussi à obtenir des places pour la présentation officielle du bikini à la piscine Molitor. Et un après-midi, elles avaient été invitées à la première de *La Fureur de vivre*, Marguerite étonnée de toutes ces femmes émues devant la nonchalance de James Dean.

L'année suivante, un mardi de décembre, le téléphone avait réveillé Marguerite et ses parents en sursaut à quatre heures du matin. Pétrifiés par cette sonnerie insistante qui déchirait le silence, ils fixaient l'appareil, espérant sortir d'un mauvais rêve et retourner se coucher. Son père avait fini par décrocher, crachant des mots saccadés et impatients. Les deux femmes restaient interdites devant l'explosion paternelle. Il avait terminé en criant : « Où est ma fille ? » Elle se souviendrait toujours de la froideur irréelle avec laquelle il leur avait annoncé que la voiture d'Hélène avait quitté la route verglacée pour s'encastrer contre un platane. Sa mère, plus blanche que sa robe de chambre, tournait la tête de gauche à droite pour nier l'évidence. Marguerite était restée muette. Avec un calme presque effrayant elle était entrée dans la chambre de sa sœur et s'était enfouie sous la couette comme quand elles éclairaient leurs visages de petites filles avec une lampe de poche pour se faire peur au milieu de la nuit noire.

Depuis ce jour la vie avait rétréci. On parlait moins fort, on rêvait moins grand. Leur père brimait tout ce qui ressemblait à de la joie. Il avait perdu son aînée, sa fille chérie. Le bonheur était devenu tabou. Ils étaient brusquement passés de quatre à trois et il fallait apprendre à vivre avec cette absence qui envahissait tout l'espace. Les années avaient passé, la blessure ne s'était jamais refermée.

Elle regarde le drôle d'appareil offert par Frédéric et dont elle ne comprenait pas le fonctionnement. Il avait insisté : « Tu n'as qu'à appuyer ici pour capter Radio Bonheur, tu te sentiras moins seule. » On entend souvent Line Renaud et des chansons qui lui rappellent sa jeunesse. Guy Béart chante *Quand les lilas refleuriront* et elle laisse couler ses larmes.

Aujourd'hui son monde a encore rétréci. *Lundi : cimetière. Mardi 10 h : gymnastique. Mercredi 14 h : Ludovic. Jeudi : rien. Vendredi 16 h : gymnastique. Samedi : rien. Dimanche : rien.* Et une fois par mois, une visite au musée avec sa carte vermeil. À son âge, plus d'enterrements que de soirées dansantes.

4

C'était la surprise qu'il cherchait depuis des mois. Marcel avait découvert en feuilletant un magazine qu'un concert de musique chaâbi se donnait au Centre culturel algérien du 15ᵉ. Il avait sauté sur l'occasion et contacté le groupe pour leur demander de jouer à ses noces d'émeraude. Tous les invités avaient répondu présents pour fêter cet anniversaire. Leur fille Manou avait été la première puis les partenaires du club de Scrabble, ses collègues du zoo et ceux de la supérette où travaillait Nora, certains voisins, des amis qu'ils n'avaient pas vus depuis des lunes et des cousins venus d'ailleurs, arrivés la veille. Les matelas s'entassaient chez les uns et les autres et on avait tenté des batailles d'oreillers comme des gamins de soixante ans.

Nora portait une longue robe à fleurs, achetée il y a belle lurette au marché de Saint-Tropez. « Tu ne trouves pas que ça fait un peu trop ? » avait dit Marcel. « Un peu trop quoi ? Olé olé ? » avait-elle répondu. « Rappelle-toi que tu as épousé une femme imprévisible, tu n'es pas au bout de tes surprises. »

Cet été-là, ils avaient tourbillonné de boîte de nuit en boîte de nuit au milieu des touristes. Nora, si belle dans sa robe aux couleurs vives, un verre de vodka pamplemousse à la main, fumait de fines cigarettes au papier doré.

Manou avait retrouvé de vieilles diapositives qu'elle avait projetées sur le mur blanc : ses parents à neuf ans devant l'école du village, surpris en train de s'embrasser dans la voiture le jour de leur mariage, Marcel jouant aux dominos au *Café des Amis*, Nora sortant de la mer éclatante de joie, tous les trois à la maternité, le déménagement de Vincennes à Maisons-Laffitte. « Et pour clôturer en beauté, avait-elle dit, le meilleur ami de papa : un corps musclé et des jambes courtes, la peau épaisse et plissée de couleur grise, des pieds à trois doigts, des petites oreilles et une corne : Hector, le rhinocéros ! » À chaque photo, l'assemblée s'exclamait. Le bonheur est plus bruyant quand il est partagé.

Les couples tournaient sur la piste au son de la musique chaâbi. Marcel avait dansé avec sa fille puis il avait enlacé sa femme et fermé les yeux. Il était sur le bateau, la main de Nora dans la sienne, elle lui souriait : c'était elle son étincelle de vie. Tout le monde avait réclamé un discours. C'est Nora qui avait pris la parole. « Il y a quarante ans, le 5 juin 1964, j'ai dit oui devant monsieur le maire, si on me reposait la question aujourd'hui… » Elle avait observé un temps de silence, comme le font les comédiens au théâtre, le public attendait la suite.

« J'aime me lever tôt, il se couche tard. Le soir il met ses charentaises, moi je me promène pieds nus. Il adore la pétanque, moi j'aime la nage synchronisée. Je suis soupe au lait et lui soupe aux choux. Quand j'ai trop chaud, il met un pull à col roulé. Mon plat préféré, c'est la tchoutchouka aux poivrons, il raffole des ris de veau. Il est toujours en train de ranger ses lettres que j'ai déjà trouvé un mot "compte triple". Les nuits sans nuages, il me trompe avec Véga, Électre, Izar, Maïa, Sirrah et bien d'autres. Il rêve d'aller en Amérique pour les voir de plus près, je ne parle pas l'anglais. Et pourtant, depuis qu'il a ouvert la fenêtre sur laquelle je lançais des cailloux, je suis amoureuse de cet homme et pour rien au monde je ne l'échangerais contre un autre. »

Les applaudissements crépitaient dans la salle municipale de Maisons-Laffitte. Nora avait bu deux coupes de champagne d'un seul trait mais les bulles l'avaient rendue mélancolique et elle était montée se reposer au premier étage. Dans l'escalier, elle avait croisé Monique aux côtés de qui elle participait aux tournois de Scrabble depuis toujours. Monique avait tout de suite remarqué que Nora avait les yeux pleins de larmes, et elle n'avait pas tardé à la rejoindre dans le vestibule.

— Qu'est-ce qui ne va pas ?

Nora avait pris la main de son amie dans la sienne et lui avait dit de sa voix rocailleuse :

— Vieillir me déprime. Je ne supporte pas de me voir dans le miroir. Je déteste cette certitude qu'on va devoir s'agripper l'un à l'autre pour survivre au grand âge. Je l'aime, bien sûr. C'est mon garde-fou, à côté de lui je me sens protégée. Mais comment va-t-on faire pour résister à ce naufrage qui nous guette ?

Monique avait souri.

— Tu vas voir, on passera le cap, on va faire un pied de nez au temps.

— Et s'il lui arrivait quelque chose ?

— Ne pense pas au pire. Profite de chaque jour.

— Tu as raison, allons danser. Ne dis rien à Marcel, s'il te plaît.

— Tu peux compter sur moi, je serai toujours là.

Ils étaient rentrés à trois heures du matin, trop émus pour aller se coucher. Après le brouhaha de la fête, un silence paisible régnait dans l'appartement. Marcel avait proposé de prendre un dernier verre dans le salon mais Nora avait déjà assez picolé, alors ils s'étaient simplement assis dans l'obscurité sur le canapé et ils avaient refait le film de la soirée.

— Prochaine étape dans dix ans : les noces d'or. On sera peut-être rouillés de partout.

— Et si on le fêtait à nous deux, cet anniversaire-là ?

— Et si on n'attendait pas dix ans ?

— Un voyage dans l'autre sens.

— Tu parles de notre histoire ?

— Ça te dirait de traverser la Méditerranée ? On verrait les côtes de l'Algérie se rapprocher plutôt que s'éloigner.

— On a eu de la chance, dit-elle.

— C'est toi qui l'as provoquée cette chance, tu es revenue.

Marcel la regarde et elle ne détourne pas les yeux.

— Tu es mon premier et mon dernier amour. Point final.

5

Ses pas la mènent d'abord allée C, emplacement 12.

Elle commence toujours par nettoyer la tombe voisine. Plus personne ne rend visite à *la regrettée Hermeline, partie trop tôt*. Elle balaye les feuilles, enlève la poussière qui recouvre le nain de jardin et dispose de façon plus harmonieuse les fleurs en plastique dans le vase en marbre. Et ensuite seulement, elle accorde son attention à son époux. C'est là, sous l'imposante dalle en granit, qu'il repose dans son cercueil en acajou à huit mille euros, garanti antitermite. C'était dans la notice. Entre-temps, la pierre a été gravée et installée.

Henri Delorme
1929-2014
Mari, père, notaire respecté
Administrateur de la Société philharmonique
de Maisons-Laffitte

Elle se dit qu'un banc aurait été le bienvenu pour reposer ses jambes. Elle fait un effort et s'assied sur la tombe, aux pieds d'Henri. La Société philharmonique, elle en a entendu parler pendant cinquante ans. Prisonnière de son fauteuil en velours rouge, dans sa robe du soir en taffetas, en satin ou en faille de soie, elle ne pensait qu'à une seule chose en regardant le chef d'orchestre : son oreiller. Le deuxième mouvement, le troisième mouvement et encore un rappel. Des années de récital, du Chopin et encore du Chopin. Vingt-quatre préludes, vingt et un nocturnes, dix-sept valses, cinquante-huit mazurkas, quatre ballades, des sonates et une marche funèbre. Elle avait tout écouté. Au début, elle avait prétexté des migraines.

— Je n'y comprends rien, disait-elle.

— Chopin, ça ne se comprend pas, ça se respire, Maguy, avait-il répondu.

46

Alors pour s'évader, elle chantonnait dans sa tête *Ma cabane au Canada*. Mais quand le pianiste martelait les touches noires et blanches l'image de la cabane disparaissait dans la brume et elle repensait à son oreiller.

Elle se relève en grimaçant, maudit ses rhumatismes, ramasse la brosse et l'arrosoir, les remet dans le cabas avec le bouquet blanc au cœur jaune.

Allée L, emplacement 32.

Suzanne Jacquet	Ernest Jacquet
1915-1983	*1913-1984*

— On ne refuse pas la chance, c'est ce que tu m'as toujours dit, papa.

Un soir il était rentré en souriant de l'étude où il travaillait comme greffier.

« Tu es invitée à la soirée organisée pour les trente ans du fils de Maître Delorme. Henri est un garçon intelligent, un jour il reprendra l'étude place du Maréchal-de-Lattre. Son père est le notaire le plus estimé de la ville. »

Tout s'était enchaîné. On avait commandé à la couturière une robe sobre en lin marine agrémentée d'un col Claudine blanc, sa mère lui avait donné des consignes précises sur la façon de se tenir à table, d'écouter sans interrompre et, le soir venu, avait discipliné ses cheveux en un chignon sage, retenu par des pinces bien serrées qui lui donnaient mal à la tête. On ne lui avait pas demandé son avis. Elle avait vingt-deux ans et en 1959 les jeunes filles se soumettaient aux décisions de leurs parents.

Que se serait-il passé sans ce dérapage sur le verglas ? Elle avait rêvé de suivre les traces d'Hélène, de la rejoindre à Paris et de s'inscrire à un atelier de dessin dans une école d'art. Le choc avait été si brutal que tout s'était arrêté net. La sortie de route de sa sœur dictait désormais la sienne : une ligne droite. On ne refuse pas la chance et elle aurait fait n'importe quoi pour effacer le voile d'inquiétude qui recouvrait le visage de sa mère chaque fois qu'elle voulait sortir le soir.

Malgré sa sensation d'être un pion sur un jeu d'échecs, elle trouva qu'Henri avait belle allure dans son costume gris avec sa pochette lilas, une couleur qu'elle affectionnait particulièrement. Il avait l'habitude des bavardages en société et elle admira son aisance.

Il la trouva parfaite. Elle portait avec une élégance naturelle sa robe en lin au col amidonné fermé jusqu'au cou et ses escarpins dont la bride encerclait ses chevilles fines. Son chignon mettait en évidence l'ovale régulier de son visage et ses grands yeux gris. Elle se tenait droite, réservée, contrairement à quelques écervelées qui riaient trop fort pour attirer l'attention du jeune homme.

Il l'avait invitée à danser et elle s'était appliquée à cacher sa maladresse. Il aimait diriger, elle aimait être guidée. Les cinquante-cinq prochaines années de leur vie étaient scellées. Elle ne se plaignait jamais. Son père avait choisi et elle avait obéi. Après sa mort elle avait continué à tenir son rôle pour honorer sa volonté et parce qu'elle ne connaissait rien d'autre.

Elle se baisse, ramasse quelques branchages sur la pierre grise, reprend son cabas, marche lentement et retrouve un peu de calme.

Allée S, emplacement 17.

Hélène Jacquet
1934-1957

Marguerite dépose la brassée de fleurs et elle remarque que les dates s'estompent légèrement. Sur la tombe voisine, elle lit pour la millième fois la plaque gravée *Le temps passe, les souvenirs restent.*

Elle est la seule dépositaire de leurs souvenirs et de leurs fous rires, de la mémoire familiale et de l'enfance disparue. Pour ses vingt ans sa sœur lui avait offert un cadeau extravagant. Une fugue à Rome ! Elles ne diraient rien à personne et elle avait ressenti un frisson délicieux à l'idée de ce mensonge. Hélène avait emprunté de l'argent, elle se soucierait plus tard de le rembourser. Marguerite allait visiter la chapelle Sixtine, se promener sur le Colisée, jeter des pièces dans la fontaine de Trevi en formulant un vœu. Dans le train couchette, la nuit avait été blanche.

— Pourquoi je ne t'ai jamais vue flirter ? Tu sais combien j'ai eu d'amants, moi ? J'en ai eu douze, avait dit Hélène.

Cette confession avait subjugué Marguerite, elle avait rougi et murmuré :

— J'ai embrassé Louis Leduc sous le préau.

— Je ne parle pas d'embrasser sous le préau, je parle de coucher. Embrasser, moi c'est pas douze, c'est quarante fois que je l'ai fait.

— Quarante !

Dans la capitale de la *dolce vita*, Marguerite avait découvert une autre facette de sa sœur. Elle roulait trop vite en scooter, buvait du chianti et riait à gorge déployée avec le serveur de la trattoria. Hélène avait toujours fait croire qu'elle avait une vie rangée d'étudiante en droit studieuse. Elle ne s'était en réalité jamais inscrite à l'université et côtoyait un monde désinvolte qui lui faisait vivre à cent à l'heure, de Montmartre à Saint-Germain-des-Prés, une existence de bohème et de nuits sans lendemain. Elle débarquait sans prévenir à Maisons-Laffitte, les sacs remplis de colifichets follement inutiles et Marguerite vouait secrètement un amour infini à cette aînée trop souvent absente. C'est pourtant Hélène qui la serrait toujours contre elle. La cadette, plus réservée, aimait l'attachement excessif que sa sœur lui portait. Elle en avait besoin comme de l'air qu'elle respirait.

51

Eh bien dansons maintenant !

Cette nuit de décembre, Marguerite était devenue l'aînée et la benjamine. Toutes les attentions, toutes les inquiétudes, toutes les espérances, additionnées et concentrées sur elle. La gaieté divisée par deux.

— Mon Hélène, la vie tourne rarement comme on l'avait imaginé. Je pensais que tu serais à mes côtés jusqu'au bout.

Ensuite elle rejoint l'allée C emplacement 12. Elle regarde à droite puis à gauche et chuchote à la stèle d'Henri :

— Je déteste Chopin.

6

À soixante-douze ans, ils participaient aux interclubs de Nice pour la première fois et ils avaient épargné des billets et des pièces dans une boîte à chaussures pour s'offrir une chambre avec vue sur mer.

Dans le car Marcel regardait Nora parler en agitant les mains et il la trouvait belle avec son visage expressif et ses pattes d'oie au coin de ses yeux rieurs. Il l'avait connue enfant mais le poids des années sur sa silhouette n'avait rien entamé de l'amour qu'il ressentait pour elle. Nora avait commencé à fredonner un air de chez eux, Marcel avait entonné le refrain et un homme s'était exclamé : « Ça me rappelle toujours ma grand-mère ! » Les autres frappaient dans leurs mains et souriaient en les écoutant. Ils connaissaient la chanson et se laissaient bercer par la douce musique de ce couple venu d'ailleurs.

À leur arrivée, ils étaient tout de suite montés voir la chambre choisie à l'agence. Elle aimait les surprises, lui préférait que ce soit conforme à l'image sur le catalogue de l'hôtel. Ils s'étaient assis sur le lit pour tester le matelas et s'assurer qu'il accueillerait avec bienveillance leurs retrouvailles du soir et leur sommeil.

Il y avait un volet et Marcel aimait ça, ouvrir les volets à l'aube. De la porte-fenêtre, ils pouvaient l'apercevoir, derrière la promenade des Anglais et les galets, virant du gris au vert sous les rayons du soleil. Scintillante. Parfaite. Il était parfois jaloux de l'amour que portait Nora à l'eau transparente et de son envie de s'y jeter tête baissée. Il avait défait les valises, rangé dans l'armoire le maillot bleu et rouge qu'elle avait acheté pour l'occasion.

— Il fait un peu froid pour se baigner, ma sirène.

— Il n'y a pas de saison pour nager, mon petit mari douillet.

Nora avait mis un joli corsage brodé et s'était moquée du bermuda de Marcel sur ses mollets blancs.

À dix-neuf heures, ils s'étaient installés avec leurs amis sur une terrasse face à la mer et, suivant les conseils du patron, ils avaient commandé un bar grillé farci de fenouil, arrosé d'un muscadet fruité, célébrant ainsi ce printemps précoce. Les desserts avaient tardé à venir, la nuit était tombée et les femmes avaient remis leurs gilets. Ils avaient demandé une autre bouteille et terminé le vin sans se presser, riant de bon cœur en écoutant Nora raconter, une fois encore, le tournoi où elle avait gagné la partie avec le mot *truculences*. Un exploit qui lui avait valu autant de points que d'applaudissements.

L'année précédente le club de Nice était venu à Maisons-Laffitte et les avait battus haut la main mais cette fois ils comptaient bien repartir avec la coupe. Pendant quatre jours, une partie le matin, deux l'après-midi. Et après, une nouvelle crique ou une échappée dans l'arrière-pays. Un rituel agréable qui se répéterait chaque soir. Marcel avait eu un geste maladroit et son verre s'était renversé sur la table. Les rires avaient redoublé. Cette escapade loin de chez eux les rendait délicieusement légers.

Ils étaient rentrés à l'hôtel vers vingt-trois heures et avaient ouvert grand la porte-fenêtre pour humer la mer. Elle avait écrasé un moustique avec le guide de Nice et une gouttelette de sang avait laissé une trace sur le mur. Ils s'étaient vite endormis, fatigués par le voyage en car, le vin et la perspective du lendemain. Marcel s'était réveillé sans repères après cette première nuit dans un cadre inhabituel. Il avait rêvé qu'une étoile portait le nom de Nora. Il l'avait regardée se lever, s'habiller et verser le jus d'orange avant de la rejoindre en pyjama sur le balcon pour petit-déjeuner avec elle. Les petits pains craquants et la marmelade de citron aux zestes confits jetaient une dernière note de perfection. À mi-chemin entre le ciel et la mer, le soleil annonçait une journée radieuse.

Sur l'estrade, les coupes en plaqué or et argent attendaient les gagnants et des pochettes surprises les perdants. Certaines parties n'étaient

56

pas encore terminées. Derrière un pupitre, l'air sérieux, chronomètre à la main, le juge arbitre de ce tournoi qui rassemblait plus de cent participants, tous accros au mot le plus long. Installé à la table numéro 23, Marcel se concentrait la tête entre les mains pour trouver la meilleure combinaison.

Nora était venue lui chuchoter à l'oreille : « J'ai fini, je rejoue à quatorze heures, je vais me baigner. » Il avait esquissé un geste distrait avant de se replonger dans les A et les Z.

Nora se sentait bien dans son nouveau maillot. Elle aurait préféré un deux-pièces mais elle était réaliste et, à son âge, elle avait décidé que les bikinis, c'était terminé. À l'autre bout de la plage, un père et son enfant jouaient avec un cerf-volant. On était hors-saison et elle se réjouissait d'avoir la mer pour elle toute seule. L'eau était fraîche mais douce et elle y était entrée avec l'assurance d'une jeune fille. Elle avait décidé de sauter du ponton, elle y retournerait demain et elle ferait de grands signes à Marcel, fière de s'être aventurée si loin.

57

Quand il avait ajouté un *s* à *pomponnée*, formant ainsi un mot de dix lettres, il avait relevé la tête pour la chercher du regard puis il s'était rappelé qu'elle était partie se baigner. Elle se réjouissait toujours pour lui, même s'il gagnait et qu'elle perdait. Ce soir dans le lit ils commenteraient les mots « compte triple ».

Et puis, sur le petit podium de la remise des prix, un homme en costume gris était apparu, un micro à la main.

— Si monsieur Marcel Guedj est dans la salle, il est prié de rejoindre la réception de son hôtel le plus vite possible.

Marcel n'avait pas réalisé tout de suite puis s'était levé trop brusquement, renversant son plateau de jeu, faisant exploser au sol *pomponnées* et tous les autres mots. Il avait couru tout le long de la promenade des Anglais jusqu'à l'hôtel. En voyant les uniformes bleu marine à la réception, il avait compris que le vent avait tourné fou. Un éblouissement. La main sur le cœur, il s'était agrippé au comptoir.

— Nous sommes désolés, votre épouse a eu un accident.

Une porte blindée en acier pour ne pas entendre la suite.

— C'est un promeneur qui a donné l'alerte.

Ils avaient réservé une table pour quatre. Ce soir, ils iraient dîner comme la veille et boire et rire et s'endormiraient serrés l'un contre l'autre. Deux cuillères rangées à leur place habituelle dans le tiroir.

— Crise cardiaque.

Pour leurs noces d'or dans trois mois, ils retourneraient en Algérie, ils avaient réservé une cabine en première classe.

— Elle va bien ?

Mercredi le car ferait un détour par le village médiéval d'Entrevaux perché sur la montagne ; main dans la main, ils passeraient le pont-levis, marcheraient sur les remparts, visiteraient la citadelle et la cathédrale.

— C'était trop tard. Les pompiers n'ont rien pu faire.

Marcel avait relevé la tête vers l'officier de police.

— Je veux la voir.

7

Marguerite se confond avec la grisaille du ciel, seuls ses cheveux blancs éclairent sa frêle silhouette. Ce quartier qu'elle connaît par cœur, elle aurait aimé s'y promener avec Henri. Il prenait sa voiture pour tout, même pour aller de l'étude à la Société philharmonique, trois rues plus loin. Elle marche encore tous les jours, jusqu'à l'hippodrome, quel que soit le temps. « C'est ridicule à ton âge, tu vas te faire agresser », lui répète son fils. « Ton âge », il n'a plus que ce mot à la bouche. Elle le sait qu'à soixante-dix-huit ans sa jeunesse a pris la fuite depuis longtemps. On lui cède la place dans le bus mais elle est encore capable de traverser la rue sans qu'on lui prenne le bras.

Elle ne se sent plus séduisante pour personne, une brindille, une plume, une poussière qu'on pourrait aisément balayer d'un geste de la main. Ses genoux lui jouent de mauvais tours et elle appréhende le moment où elle ne sera plus libre de ses mouvements. Alors elle ralentit le pas pour correspondre à son nouveau rôle. Elle est consciente qu'elle ne gagnera pas cette course perdue d'avance. Une ambition inutile et vaine, même si elle suit un cours de gymnastique douce deux fois par semaine pour combattre ses raideurs. Depuis qu'elle ne travaille plus à la bibliothèque comme bénévole, les journées lui semblent longues. L'arrivée du numérique et de cette jeune Chloé qui montait et descendait l'escabeau avec désinvolture lui avait fait prendre conscience qu'il était temps de s'en aller.

Plus rien ne presse et personne ne l'attend. Avant la mort d'Henri, elle était invitée aux réceptions chez les notables du coin. Elle portait une jolie robe et les bijoux reçus chaque année à Noël mais, entre les petits fours et un adagio d'Albinoni, elle n'avait rien à leur raconter. Digne et impeccable comme l'exigeait son mari, un ornement de plus à sa réussite, alors qu'elle avait envie de légèreté et de folie douce, de manger trois éclairs au chocolat d'affilée, de se promener tête nue sous la pluie. Elle songe à tout ce qu'elle n'a jamais fait. Elle est libre maintenant. Mais c'est trop tard.

Elle pourrait peut-être proposer à Maria de venir marcher avec elle la prochaine fois. Elle se calfeutre dans son manteau en drap de laine et sourit tristement à la vitrine qui reflète la solitude d'une vieille dame sur un trottoir de la ville. Elle se souvient du jour où elle l'a acheté. Elle avait envie que la vendeuse soit au courant : « Ce sera le dernier. » Chaud, pas trop clair, il devait servir pour les enterrements des autres. Elle frotte son cou contre la fourrure du col, comme une ultime caresse.

Demain son petit-fils sera là, le rayon de soleil de sa semaine. Ils planteront des bulbes de jacinthe. Elle a appris à jardiner grâce au magazine *Les Doigts verts*. Ce sont souvent les pucerons et les mauvaises herbes qui gagnent. Puis ils feront des crêpes. Il y aura de la farine partout et l'air réjoui de Ludo avec son chapeau de marmiton et son tablier trop grand. Elle espère qu'il restera dormir dans la chambre bleue. Elle le bordera dans son lit, lui parlera des fleurs qui vont bientôt éclore et verra le sommeil le gagner au milieu de l'histoire qu'elle lui raconte. Pour son anniversaire, elle l'emmènera au zoo, c'est ce qu'il préfère.

Elle aime sa spontanéité et ses maladresses. Il n'a pas hérité de la sévérité de son père. Cet homme trop distant qui lui dit d'aller se coucher à vingt heures et qu'à soixante-dix-huit ans la fantaisie n'est pas de mise. Mercredi passé, Ludo lui a demandé ce qui la rendait heureuse quand elle était petite. Elle lui a raconté qu'elle dansait dans le salon avec sa sœur. Il a voulu faire la même chose, elle a choisi un disque et ils ont tourbillonné avant de se laisser tomber, à bout de souffle, dans les coussins du canapé. Elle aurait adoré tourner comme ça avec une ribambelle de petits-enfants. La vie en avait décidé autrement.

En entrant chez elle, elle admire les renon-
cules qui ondulent en tutus colorés dans leur
vase, les fleurs multicolores lui rappellent Line
Renaud. Elle raffole des chansons d'amour,
celles qui parlent de sucre et de miel, de ciel
bleu et d'océan blanc. Elle entend une porte
s'ouvrir, se retourne.

— Ah ! Maria, vous êtes là. Asseyez-vous, je
vais préparer un petit café.

— Je vais le faire, madame Delorme.

— Laissez, ça va m'occuper.

Maria faisait partie des meubles ou plutôt elle
les époussetait, deux fois par semaine depuis
trente ans. Petite et trapue, une épaisse frange
brune sur le front, elle ressemble à un des Play-
mobil que Ludovic sort du placard quand il
vient la voir.

— Vous croyez que je devrais prendre un
chien ?

— Ça met des poils partout.

— Il me tiendrait compagnie.

— Il faut laisser le temps au temps.

— Je suis fatiguée de quitter la maison toute
seule, de rentrer aussi seule et de ne parler qu'à

moi-même au milieu de mes bibelots. Je ne tricote même pas.

— Je vous le répète, madame, il faut du temps.

Le temps. La routine. Le lit jumeau inoccupé. Parfois la voix de son mari lui manque. Pas un raclement de gorge, pas un ronflement pour rompre le silence, pas de deuxième tasse sale dans l'évier. Désormais elle peut lire Françoise Sagan sans se cacher, écouter Line Renaud en boucle et même à l'occasion faire un petit pas de danse sur le tapis d'Orient devant la cheminée. La semaine dernière elle a vidé une des armoires d'Henri : ses costumes trois pièces et ses cravates. La prochaine fois ce sera celle des chaussures. Dans le corridor, un portemanteau à moitié vide et, à l'index de sa main droite, une alliance, traces de son existence passée.

Les dernières années, il s'était découvert une passion pour les guerres napoléoniennes. Pendant qu'il lisait, elle admirait ses roses, assise sur le banc, dans la lumière intime de la lune. Entre eux ce n'était pas la guerre, ce n'était pas l'ennui. Il y avait là quelque chose de permanent qui la rassurait. Jusqu'au bout il serait à côté d'elle, son plaid sur les genoux, la lampe allumée, sa loupe à la main, concentré sur *La Bataille d'Austerlitz*.

Bientôt Noël. Un sapin pour une personne. Sa vie n'a plus de sens.

— Maria, laissez l'argenterie et venez vous asseoir près de moi, le café nous attend.

— Oui madame, et après j'irai chercher le linge.

Un léger silence s'installe entre les deux femmes puis Maria le rompt.

— Vous avez vu à la télévision toutes ces catastrophes ? Cet ouragan en Argentine qui a dévasté des villages entiers, c'est terrible.

— C'est vrai, je ne devrais pas me plaindre. J'ai une maison, un jardin, une place réservée au cimetière à côté de mon mari, je ne suis pas malade, j'ai toutes les assurances qu'il faut, je suis vaccinée contre la grippe, j'ai un bon médecin de famille, de l'argent, je ne sale pas trop mes plats, je ne fume pas, je ne bois pas, je me couche tôt. Qu'est-ce qui peut m'arriver ?

— C'est magnifique, vous allez vivre centenaire.

— Vous croyez ? Quelle horreur !

Elle ouvre machinalement le courrier : des factures et des places de concert.

— Tenez Maria, c'est pour vous, il y en a deux, vous pourrez y aller avec une amie.

— Merci madame, c'est trop.

— Mais non ce n'est pas trop, amusez-vous. Sinon je les jette à la corbeille. Mardi prochain vous choisirez une robe dans ma penderie et un bijou. Vous serez la plus belle de l'assistance pour écouter Chopin.

— Vous êtes gentille.

— Vous pouvez rentrer chez vous, le linge attendra bien mardi. Au revoir Maria.

Elle se penche pour ramasser un cintre, esquisse une grimace, se frotte la hanche. Il faudra qu'elle en parle au docteur Dubois. Elle abandonne le cintre par terre, elle rangera plus tard. La compensation de la solitude c'est de faire ce qu'on veut quand on veut. Toutes ces robes et ces tailleurs, triés par couleurs et par saisons ! Les saisons, quelle importance maintenant ? Dans son cadre en argent, Henri l'observe. Elle déplace la photo de sa sœur qui sourit malicieusement et la pose devant celle de son mari à l'air trop sérieux.

Cinq heures du soir, l'heure des doutes entre chien et loup. La journée tire sa révérence, le salon s'habille d'ombres. Elle hésite : rester dans le noir ou allumer toutes les lampes ? Un bain chaud, une omelette, un demi-chapitre de son livre, la télévision et demain Ludo sera là. C'est l'heure des annonces sur Radio Bonheur : *Mardi de quatorze à seize heures, loto animé par père Jean-Jacques, trois euros la carte, huit euros les trois, nombreux lots, gâteaux et boissons chaudes. Dimanche 22, matinée dansante organisée par les anciens combattants à la salle des fêtes, café, chocolat, buvette, entrée gratuite. Retraité aimant échanges philosophiques et douceur de vivre dans les promenades propose évasions à dame cultivée, permis de conduire indispensable...*

Que ferait-elle d'un homme ? Elle n'avait pas réussi à apprivoiser Henri. Et de toute façon elle n'a pas son permis.

8

Pas un seul jour sans revivre sa course folle de l'hôtel vers le bord de mer. Les grands yeux ouverts et vides de Nora, son visage figé. Et tous les promeneurs qui s'approchaient pour voir la mort de plus près.

Il est revenu seul dans l'appartement qu'ils avaient quitté ensemble quelques jours auparavant. Il avait changé d'état civil.

Il a rapporté leur valise. Et le maillot bleu et rouge que l'employé de la morgue lui a rendu dans une pochette en plastique. La valise est restée fermée. Il a rangé le maillot avec son sac à main en raphia dans l'armoire. À gauche, sur la troisième étagère.

Il a caché son Scrabble dans la bibliothèque derrière les encyclopédies et il a déchiré le guide de Nice en languettes, comme on se débarrasse d'un porte-malheur. La page d'Entrevaux et puis toutes les autres.

Désormais, la vaisselle envahit l'évier, les poubelles s'entassent sur le balcon et les albums photo restent ouverts sur la table. Pour retrouver le parfum de sa chevelure, il utilise son shampoing. Plusieurs fois par semaine. Il achète des tulipes chez son fleuriste et les dispose dans le vase bleu, celui qu'elle aimait. Il reste là, assis devant les fleurs, attendant le moment où elles vont s'ouvrir. Il se lève, ajoute quelques gouttes d'eau dans le vase, se rassied hébété devant les tulipes, trop belles pour un homme seul.

Le médecin lui a expliqué les sept étapes du deuil. L'étape trois, c'est la colère, elle revient souvent. L'impuissance aussi. Dans le désordre et à l'improviste. Il suffit d'une chanson à la radio, de trébucher sur ses sandales où restent collés quelques grains de sable et les souvenirs surgissent sans être

invités. Les mauvais jours, les sept étapes entremêlées dansent une sarabande folle dans sa tête. Ses
cheveux sont devenus blancs en une nuit, contras-
tant avec ses sourcils broussailleux restés noirs.

Il aurait aimé qu'elle soit enterrée à Mouzaïa,
près des collines, là où il l'avait vue pour la
première fois. La peau mate, en short et tee-
shirt trop court, Nora, la nouvelle voisine, avait
jeté des cailloux sur le volet de sa chambre. Elle
l'avait hypnotisé avec ses yeux noirs brillants,
sont teint de pêche mûre et son sourire insolent.
C'est là qu'ils dévalaient les pentes et dévoraient
les figues tombées des arbres.

Sa fille ne connaissait pas leur Algérie et elle
voulait pouvoir se recueillir sur la tombe de sa
mère, le cimetière de Maisons-Laffitte convenait
parfaitement. Il n'avait pas eu le courage de se
battre. Il avait dit d'accord, mais à deux conditions : elle serait embaumée et, le moment venu,
il reposerait à côté de sa femme, leurs deux noms
gravés l'un en dessous de l'autre. Il n'avait pas mis
les pieds au cimetière depuis l'enterrement. Sauf
une fois, à la Toussaint, parce que Manou avait
insisté. Il n'y avait pas de banc pour s'asseoir et

il avait trébuché sur un arrosoir oublié. Tous ces endeuillés dans les allées l'oppressaient. Il voulait s'étendre près d'elle mais il fallait garder bonne figure au milieu de cette profusion de tristesse.

Pas un seul jour sans se dire qu'il aurait dû l'accompagner plutôt que de rester les yeux rivés sur les mots « compte double ».

Il refuse les somnifères. Il ne veut pas être anesthésié. Tant qu'il a mal, elle est là. Quand il finit par s'endormir à l'aube, il rêve de ses baisers. Au réveil, l'insoutenable réalité l'assaille tout entier. Elle et lui : les fils entremêlés d'une étoffe précieuse tissée jour après jour. Déchirée d'un coup sec. Impossible à raccommoder. Alors seulement, il enfouit la tête dans l'oreiller à côté du sien et cherche l'odeur de miel depuis longtemps disparue.

— Au secours Nora, je n'y arrive pas.

Pas un seul jour depuis un an sans revoir cette chambre à Nice où il s'est endormi sans se perdre dans ses bras.

Rien n'a bougé dans l'appartement mais tout est différent. Il l'arpente de long en large et s'arrête comme à chaque fois devant le calendrier figé au 25 mars 2014. Le métronome a changé de cadence. Marcel est catapulté dans un autre monde. Sans joie, sans désaccords sur le menu, sans déjeuner à trois avec Manou. Il a peur de décrocher le téléphone et de tomber sur cette amie de Nora, veuve elle aussi, qui insiste pour l'inviter à dîner. Il n'ouvre plus le courrier. Tous ces messages l'ont rendu fou : *Il faut apprivoiser la perte. Le temps adoucit la peine, tu verras à un moment tu reprendras goût à la vie. Ça va aller.* Non, ça ne va pas aller.

Pas un seul jour depuis un an sans la croiser riant aux éclats, dans un cadre de brocante sur la commode du salon.

Régler des factures, cirer ses souliers, vider un tiroir rempli de souvenirs. Sa fille lui donne des devoirs, comme elle le fait avec les élèves de sa classe. Elle l'a prévenu en souriant : « Le mois prochain, tu recevras ton bulletin. » Mais il veut être malheureux à sa façon. Devant le ris de veau aux légumes qu'elle a préparé, un dialogue s'amorce.

— Tu as rendu visite à Hector ?

— Il vieillit.

Manou pose la main sur l'épaule de son père. Marcel sursaute, il n'a plus l'habitude d'être touché ni même effleuré.

— Si je venais vivre au quatrième pour m'occuper de toi ? Il y a un appartement qui s'est libéré. Je pourrais cuisiner.

— …

— Tu ne retournerais pas au club de Scrabble ?

— Je ne jouerai plus jamais au Scrabble. Le Scrabble tue !

— Ils organisent des parties de rami tous les vendredis soir à la maison des seniors.

— Et la prochaine étape, c'est la maison de retraite ?

— Maman n'aurait pas aimé te voir tourner en rond comme le rhino dans son enclos.

— Laisse maman où elle est.

Marcel se lève et regarde par la fenêtre. Il n'arrive pas à parler de Nora. Ni avec sa fille ni avec leurs amis. Avec personne.

76

— Pourquoi tu ne viendrais pas faire rêver mes élèves avec tes étoiles ?

— Peut-être, on verra.

Elle ouvre son sac, en sort une enveloppe.

— C'est pour toi, un cadeau.

— Je n'ai besoin de rien.

— Je t'offre une thalassothérapie à Saint-Malo.

— Pourquoi pas un séjour à l'hôpital tant que tu y es. Je ne passerai plus de vacances au bord de la mer, je te l'ai déjà dit.

— Prends le temps d'y penser.

Il pose l'enveloppe sur la table, attrape son manteau et s'en va.

C'est ici son refuge. Il se balade comme si Nora allait surgir en souriant au détour d'une allée et lui demander : « Comment vont les antilopes ? » Il traverse l'allée des reptiles puis celle des tortues terrestres. Elles se blottissent, carapace contre carapace, sous le soleil artificiel. C'est de ça qu'il a besoin, carapace en moins. Sa promenade se termine toujours au même endroit. Sur le banc face à lui, Hector semble figé dans le temps.

— Est-ce que les rhinocéros pleurent quand ils perdent leur compagne ?

L'heure de la fermeture sonne. Les retarda-taires passent la grande grille, il sera le dernier. Il accélère le pas devant la vitrine de l'agence de voyage. Tout avait été si bien organisé. Le tour d'Espagne en caravane : les hauteurs de Bilbao, Barcelone dans ses bras, les castagnettes et sa robe à fleurs à Séville. La vie réserve de sales surprises.

Dans les rues, des gens ravis de retrouver la douceur de l'air qui leur a tant manqué pendant l'hiver. Marcel entre dans un bistrot, commande un café, hésite devant le comptoir et s'assied à une table. Il regarde ses grandes mains ridées qui ne caressent plus, qui n'étreignent plus. Des branches mortes, couvertes de fleurs de cime-tière : une jolie métaphore mais sans échappa-toire. Il les frotte l'une contre l'autre pour se réchauffer. Seul, il végète. Il a besoin d'être deux, c'est l'autre qui l'enracine.

Le serveur lui apporte son café. Il boit quelques gorgées et s'aperçoit que la tasse tremble légèrement. Il la repose. Toutes ces années à venir sans elle.

Pas un jour sans embrasser sa carte postale : *Je reviens. Vincennes me manque et pas seulement Vincennes. Nora.*
Pas un seul jour.

9

— Une de plus qui sonne à votre porte.

— Je ne comprends pas.

— Une veuve, une amputée. Le terme est un peu fort mais je vous le dis comme je le sens, c'est une amputation. Sept mois après il m'arrive de pleurer toute seule sur mon divan, les bras ballants en regardant le vide. C'est normal, docteur ?

Le docteur Dubois. Un homme sec à lunettes, qui prend le temps d'écouter ses patients. Elle le connaît depuis toujours. Jeune médecin, il a soigné la varicelle de Frédéric, puis au fil des années, la prostate d'Henri, ses vapeurs à la ménopause et les varices de Maria. Ils ont vieilli ensemble.

— J'en vois énormément. Une sur deux me demande une béquille.

— Une béquille ?

— Ce ne sera pas nécessaire pour vous.

— C'est vrai, je marche encore tous les jours.

— Je ne parle pas de cela, certaines ont besoin d'un léger antidépresseur.

— On peut faire sans ? Vous croyez que je suis assez forte pour résister à ce cyclone ? Parfois j'ai la sensation de n'être plus qu'une ombre qui va de la fenêtre au fauteuil, comme dans la chanson. Vous pensez que j'existe encore ? Excusez-moi d'étaler mes états d'âme devant vous, docteur, mais j'ai tellement peur de ne pas y arriver parfois et je n'ose pas en parler à mon fils.

Il la regarde en souriant. Des années qu'il l'observe tenir son rôle de femme de notaire, belle, droite et fardée.

— Il va falloir vous occuper de vous maintenant.

— De moi ?

— Et si je vous prescrivais une cure thermale ? À Bagnères-de-Bigorre dans les Pyrénées.

Elle aime bien ce nom presque exotique.

— La cure s'appelle *Secrets de jeunesse* : des bains bouillonnants et des massages, on vous enveloppera dans des algues et de l'argile.

— C'est un peu dépassé.

— Au contraire, c'est redevenu très à la mode ces dernières années.

— Merci docteur, je vais réfléchir mais je ne pense pas que ce soit pour moi, je ne suis pas très à la page.

— Et Ludovic, comment va-t-il ?

— Il grandit. Huit ans bientôt. Vous parliez de béquille, docteur : la voilà ma béquille.

Elle sort du cabinet de consultation, une chaude lumière inonde la ville. C'est un soleil d'avril comme elle les aime car il réchauffe ses vieux os. Pour la première fois depuis le 23 septembre dernier elle marche d'un pas plus léger. Ce n'est peut-être pas la douceur printanière qui lui donne ce sentiment de liberté. Et pourquoi pas improviser puisque son mari n'est plus là pour l'enfermer comme un objet dans une vitrine ?

Mais où va-t-elle trouver l'énergie d'entreprendre le voyage ? Henri s'occupait de tout. Toujours. Et elle ne connaîtra personne. Elle ralentit. Il faut du courage pour quitter une maison en sachant qu'au retour personne ne posera la moindre question. Il reste une étape délicate à franchir. Elle prépare ce coup de téléphone à son fils comme si elle allait passer un examen. Sera-t-elle éternellement une petite fille face à tous les hommes ?

Elle respire, compose le numéro.

— Bonjour mon chéri. Devine ce qui m'arrive ?

— Qu'est-ce que tu vas m'annoncer ?

— Je reviens de chez le docteur Dubois.

— Qu'est-ce qui se passe ? Tu dois aller à l'hôpital ?

— Il m'a prescrit une cure. À Bagnères-de-Bigorre dans les Pyrénées.

Frédéric se demande si son père aurait approuvé de voir sa mère partir en cure, lui qui détestait l'eau minérale.

— Et si on venait te cambrioler pendant que tu es au bout du monde ?

— Mais non, on ne va pas venir me cambrioler, et puis je vais demander à Maria de loger ici quelques nuits...

— Je t'arrête tout de suite. Tu ne vas quand même pas payer Maria pour venir dormir chez nous ! Je te parle depuis des mois d'installer une caméra, j'ai vu une promotion, je m'en occupe.

— Je n'ai pas besoin d'être surveillée.

— Tu ne sais pas qui tu vas rencontrer là-bas. Et si tu tombes malade, qui ira te chercher à huit cents mètres d'altitude ?

— Je ne vais pas escalader le Mont-Blanc.

— Tu n'as jamais aimé la montagne.

— Il n'est jamais trop tard et tu confonds, c'est ton père qui n'aimait pas la montagne. Il avait une passion pour les châteaux de la Loire que nous avons visités trente-deux années de suite. Je connais par cœur chaque centimètre carré de Plessis-Lèz-Tours, de Montsoreau...

— Et tu vas y aller comment à Bagnères-de-Machin ?

Elle regarde les grands arbres au fond du jardin.

— Tu penses que c'est dangereux la montagne à mon âge ?

— Oui, maman. Si tu veux, Carole et moi on t'emmènera au Jardin d'acclimatation. Ça te fera du bien et c'est beaucoup plus raisonnable.

La conversation s'est arrêtée là, elle regarde la bibliothèque. Peu de temps après la mort d'Henri, elle avait placé en évidence *Madame Bovary*. C'est Hélène qui le lui avait offert, évoquant dans un sourire les passages jugés contraires aux bonnes mœurs et censurés à la publication. Marguerite n'avait pas compris ce que la scène du fiacre – des noms de rue, des chevaux au galop – pouvait avoir de choquant. Mais quelques pages plus loin, troublée, elle avait interrompu sa lecture, de peur d'en découvrir davantage. Le signet est toujours là. *Et Emma revenait à lui plus enflammée, plus avide.* Le corps engourdi de Marguerite frissonne. Une chaleur inconnue irradie au bas de son ventre, elle hésite. Encore une ligne, aujourd'hui elle veut savoir. *Elle se déshabillait brutalement, arrachant le lacet mince de son corset qui sifflait autour de ses hanches comme une couleuvre qui*

86

glisse. Elle referme le livre, les joues brûlantes, les yeux dans le vague, elle caresse la couverture, prend le temps de le remettre à sa place entre *Napoléon, le héros absolu* et le Code civil.

Dès les premières heures du jour, elle réveille son fils.

— C'est décidé, je pars à Bagnères-de-Bigorre.

— À tes risques et périls.

Elle raccroche, monte dans sa chambre, étale dans un grand désordre tous ses vêtements sur le lit. Elle a l'impression d'avoir dix ans et de quitter la maison pour la première fois. On sonne. Elle a oublié qu'on était mardi.

— Bonjour Maria, je suis contente de vous voir. Qu'est-ce que vous emporteriez si vous deviez aller en cure ?

— Vous êtes malade ?

— Il paraît qu'il faut que je m'occupe de moi. Je pars à Bagnères-de-Bigorre.

— Je ne connais pas.

— Dites, j'y pense, vous pourriez venir loger à la maison pendant que je suis là-bas ?

— Mais madame…

— Prenez ça comme des vacances, vous pourrez profiter du jardin.

— Je vous remercie…

— Excusez-moi Maria, j'ai un coup de téléphone important à donner.

— Et moi j'ai du travail qui m'attend.

Maria repasse une chemise de nuit en pilou de sa patronne. Elle pense à son studio de trente mètres carrés. Des rosiers et de l'herbe fraîchement coupée, c'est une proposition tentante.

Contrairement à ses habitudes, Marguerite se sert une deuxième tasse de thé. Fébrile, elle cherche le numéro dans son carnet.

— Bonjour docteur, excusez-moi de vous téléphoner si tôt.

— C'est vrai que vous êtes matinale.

— C'est au sujet de la cure thermale.

— Vous avez changé d'avis ?

— J'ai réfléchi mais je ne sais pas du tout ce que je dois prévoir. Vous pensez que je dois acheter un vêtement de sport ? Et pour le soir ? Une tenue habillée ou c'est sans chichis ? Je ne sais pas nager, c'est un problème ? Ce sont

88

uniquement des femmes qui massent, j'espère, j'ai lu un article dans un magazine qui disait…

— Faites-vous confiance, madame Delorme. Tout va bien se passer. Quand voulez-vous partir ?

— Le plus tôt possible.

Tout est prêt : sa valise, son sac à main, une trousse de médicaments. Marguerite s'assied sur son lit, essoufflée. Demain elle ira s'acheter un peignoir chez *Lili* et elle prendra rendez-vous chez le coiffeur pour une mise en plis et une manucure. Elle veut être parfaite pour se faire dorloter. Et puis elle passera à la librairie pour trouver quelque chose d'amusant à lire. Elle dira à la vendeuse : c'est pour un voyage en train.

10

Tout lui rappelle les publicités pour les pro-
thèses auditives et les couches antifuites qui
inondent sa boîte aux lettres depuis qu'il a
soixante-dix ans. Il déteste la boue et les algues, le
bonnet de bain obligatoire le gratte, ces clapettes
ridicules sont trop grandes et il a failli glisser sur
le carrelage entre la douche et le lavabo. Partout
un silence oppressant ou d'insupportables ruissel-
lements et clapotis. Et dans la corbeille de fruits,
même pas une praline pour adoucir le séjour.
Ce planning minuté le rend agressif : impossible
de faire la grasse matinée et pas davantage le
temps d'allumer son transistor pour prendre des
nouvelles du monde au réveil.

Ces vieux en peignoirs éponge blancs qui flottent comme des fantômes dans les couloirs, gobelets d'eau à la main, l'accablent. *Secrets de jeunesse*, tu parles ! Moyenne d'âge soixante-quinze ans. Et la question clé que tout le monde pose à tout le monde : « Comment s'est passée la nuit ? » La boucle est bouclée, ils sont redevenus des bébés au sommeil capricieux.

Une vieille dame avec une tête de caniche mauve l'a abordé : « Je cherche un octogénaire platonique, ça vous intéresse ? » Il a détourné le regard, lâchement. Il voudrait être avec Nora, dans leurs collines ou dans un coin de paradis, s'il existe. Il a bandé un matin. Pour qui ? Pourquoi ? Il n'a plus personne à caresser à côté de lui. La punition de la punition. Un des milliers de dommages collatéraux liés à la perte de l'essentiel.

Tout à l'heure un stagiaire infirmier l'a appelé papy. Pourquoi pas dinosaure tant qu'on y est ! Il le sait qu'il a des accès de vieillesse, mais il ne veut pas faire partie du club tout de suite. Il fuit les courants d'air, le froid accentue l'arthrose et la peur d'une nouvelle catastrophe le rend frileux devant la vie. Il porte ses pulls l'un sur l'autre avec une chemisette en plus, au cas où. Vieillir, c'est aussi grelotter.

Il ne supporte pas d'être enfermé entre quatre murs, entouré de visages qui ne seront plus jamais lisses malgré les crèmes et les gommages. Il aurait préféré une randonnée. Pas se retrouver un veau parmi les veaux, obligé de boire de l'eau et d'ingurgiter des tisanes de millepertuis.

Neuf heures : douche au jet brûlant puis glacé. Dix heures : bain bouillonnant immergé jusqu'au cou. Onze heures : douche massage. Allongé sur le ventre, il reçoit une pluie d'eau thermale chaude le long du dos et des jambes, particulièrement adaptée pour l'insomnie. Il ne veut pas traiter ses insomnies. Midi : « Vous avez une tension dans le haut du dos. Détendez-vous, vous êtes noué. Je vois que vous avez la peau sèche. Je vous conseille un lait hydratant. » C'est elle qui a les mains rêches comme du papier émeri. Sans une sucrerie dans la matinée, il est en hypoglycémie et son moral plonge en chute libre. Il aurait dû emporter des biscuits au chocolat. Il les aurait cachés dans son armoire et il les aurait mangés l'un après l'autre comme un petit garçon inconsolable.

Eh bien dansons maintenant !

Une très mauvaise idée, cette cure, mais il n'a pas trouvé les arguments pour refuser. C'est Nora qui liait la sauce de leur trio. Quand Manou lui a proposé de venir habiter au quatrième étage, la pieuvre a enroulé un tentacule autour de sa gorge et étranglé ses mots. Il ne veut pas vivre en couple avec sa fille, il veut que sa femme revienne.

— Allô, c'est moi.

— Papa ?

— Je n'ai pas besoin de tout ce cinéma.

— Ne fais pas l'enfant, tu manges bien au moins ?

— Aujourd'hui, velouté d'asperges au programme. Tous les jours une soupe différente. Tu sais bien que je n'aime pas ça... et la montagne me rend barjo !

— Tu n'as jamais apprécié mes surprises, quand j'étais petite, je les retrouvais déjà dans le tiroir de ton bureau.

— Mais ma chérie...

— Tu restes à Bagnères-de-Bigorre, un cadeau c'est un cadeau.

11

— Vous avez la 207, au deuxième étage. Vous connaissez l'établissement ?

— Non, c'est une grande première, répond Marguerite dans un sourire timide.

— C'est calme en ce moment, on va bien s'occuper de vous.

La réceptionniste lui tend une carte magnétique.

— Voici votre clé.

Marguerite reste perplexe face à ce morceau de plastique blanc.

— Ne vous inquiétez pas, le jeune homme va vous accompagner.

Elle aurait préféré un jeu de clés traditionnel mais il faut vivre avec son temps. Elle a bien fait de ne pas écouter Frédéric qui depuis une semaine la harcèle de recommandations. Elle a également reçu des serviettes moelleuses et des sandales antidérapantes, il ne peut rien lui arriver de grave.

Dans sa chambre, en guise de bienvenue : un plateau de fruits, une bouteille d'eau minérale et une corbeille capitonnée avec des produits de soins. Avant même de défaire sa valise elle ouvre grand la fenêtre et respire l'air froid et sec à pleins poumons. La vallée au loin et son décor de train électrique avec ses chalets en bois et ses vaches miniatures lui rappellent son dernier séjour à la montagne : à douze ans elle était partie en colonies de vacances. Marguerite enlève ses chaussures et foule l'épaisse moquette couleur pêche, soulagée de se retrouver enfin pieds nus après ce trajet interminable. Le train était bondé, les trains sont toujours bondés de nos jours. Chez les Delorme, jamais on n'aurait osé des tons aussi chatoyants. Le beige était de rigueur pour les murs de la maison, invariablement rafraîchis tous les cinq ans en ivoire, version mat, lisse et soporifique. Elle s'inquiète de ce lit bien trop grand pour elle et de cette multitude d'oreillers, de traversins et coussins disproportionnés. Elle se croirait dans *Blanche-Neige*.

Il est l'heure d'appeler son fils. Elle décroche le téléphone, tape et retape sur toutes les touches. Pas de tonalité. Encore un truc compliqué auquel elle ne comprend rien. Elle claque la porte, elle aurait dû couvrir ses épaules d'un cardigan et évidemment elle a laissé la carte magnétique à l'intérieur. Une porte fermée dans un couloir vide : elle a envie de pleurer. Frédéric avait raison. C'était de la folie d'être venue toute seule dans cet endroit si mélancolique, cerné par les montagnes. Elle respire profondément, se dirige vers l'ascenseur et fait part de son désarroi à la première personne qu'elle rencontre.

— Il faut entrer la carte, la retirer et puis tourner la poignée.

Le sourire avenant de cette inconnue est réconfortant.

— Je l'ai oubliée sur la table de nuit.

— Retournez à la réception, ils sont charmants et vous feront un double de votre clé, enfin de ce machin en plastique... Moi non plus, je ne m'y habituerai jamais !

Elle ne se sent plus le courage de dîner à la salle à manger. Trop de nouveautés pour aujourd'hui, elle n'a qu'une idée en tête : se glisser dans les draps amidonnés. Elle choisit le plus gros oreiller pour s'adosser au mur et appuie sur l'interrupteur de la lampe de chevet. Toutes les lumières s'allument ou s'éteignent en même temps. Elle renonce à lire et reste les yeux ouverts dans la nuit noire de Bagnères-de-Bigorre.

Elle se réveille la tête à l'envers et regarde sans comprendre la multitude d'oreillers joncher le sol puis se rappelle les avoir jetés l'un après l'autre. Le premier massage commence à neuf heures, elle n'est pas prête, elle n'aura même pas le temps de prendre le petit déjeuner. Le peignoir blanc accroché dans la salle de bains ne lui plaît pas, elle préfère celui qu'elle a choisi chez *Lili*. Emmitouflée dans l'éponge velours couleur lilas, elle se sent presque en sécurité. Elle grignote un biscuit reçu dans le train et croque trois morceaux de la pomme chipée dans la corbeille.

Dans la cabine numéro douze, une kinésithérapeute aux joues rebondies l'attend avec un sourire de brochure de cure thermale.

— Bonjour madame Delorme. C'est moi qui m'occupe de vous aujourd'hui. Je m'appelle Agnès. J'espère que votre première nuit a été agréable.

Marguerite se déshabille lentement, désemparée à l'idée d'exposer son corps fripé devant cette jeunesse toute en courbes et rayonnante de vitalité.

— Faudrait vous remplumer un peu.

Sous le ton un peu rude, la gentillesse affleure.

— Mon mari ne voulait pas que je prenne un gramme, j'ai la même taille de robe qu'à dix-huit ans.

Elle sait qu'elle a maigri, elle saute des repas afin de ne pas se retrouver seule à table. Bien que ses jambes aient encore de l'allure, les peaux se sont affaissées de-ci, de-là, surtout sous les bras. Et puis il y a ses mains, plus froissées qu'un drap de lit mal repassé.

— Appuyez-vous sur moi, je vais vous aider. Maintenant couchez-vous sur le ventre, détendez-vous et laissez-moi vous dorloter.

Agnès est discrète, elle ne pose pas de questions. Allongée sur la table de massage, surprise de se laisser aller, Marguerite s'abandonne, confiante, aux mains chaudes qui effleurent, palpent, pétrissent. Une heure plus tard elle se relève et chancelle, légère et hors du temps. Dans les couloirs, les peignoirs se frôlent dans une étrange harmonie feutrée. Et partout ce tapis plain couleur pêche qui amortit les bruits. Elle a le tournis, regarde ses pieds. Elle a oublié ses chaussons dans la cabine.

Dans la salle de repos, elle boit un troisième verre d'eau à petites gorgées. C'est une règle imposée dès l'arrivée : un minimum de huit verres d'eau par jour. Elle a envie de faire pipi mais elle a rendez-vous dans cinq minutes pour le jet d'eau froide, tonique et revigorant.

Depuis la mort d'Henri ses nuits sont agitées. Elle s'était habituée à ses ronflements comme certains s'habituent au train qui passe à trois heures du matin sous leurs fenêtres. Comment le destin lance-t-il ses flèches ? Pourquoi dans une petite ville de banlieue française et pas au bord du lac Léman ou dans une rue de

Naples ? Durant toutes ces années de mariage jamais elle ne s'était interrogée. Pour la première fois à Bagnères-de-Bigorre, entre les algues et les mains d'Agnès, entre trois jets d'eau et un massage aux pierres chaudes, elle prend le temps de rembobiner le film de sa vie. A-t-elle aimé son mari ? Elle se rappelle la façade de Chambord, si majestueuse. Pourquoi ne lui a-t-elle jamais dit qu'elle aurait préféré partir ailleurs que dans les châteaux de la Loire ? Elle était restée digne et impeccable. Sage, tellement sage. La pudeur n'excuse pas tous les silences mais chacun fait ce qu'il peut avec ce qu'il reçoit. Elle a seulement été la fille de, la sœur de, la femme de.

Face à la grande fenêtre qui donne sur la montagne, elle se sent prise de vertige devant son existence qui a basculé. Elle n'a engagé aucune véritable conversation depuis son arrivée. Des mercis, des bonjours, des au revoir. C'est peut-être de cela qu'elle a le plus besoin pour continuer d'avancer. Finalement c'était un bon choix de venir ici. Même s'il était difficile, ce projet lui fait du bien. Elle pense à Ludovic et ses cabanes de coussins dans le divan, à leurs parties de dames. À son retour, elle lui racontera les drôles de piscines, les douches interminables et les tartines au pain de seigle sans beurre. Il lui confiera ses cachettes dans la cour de récréation.

À dix-neuf heures, elle a rendez-vous dans le grand salon pour le bilan mi-course. Une curieuse appellation pour des gens qui marchent si lentement. La petite dame aux cheveux courts croisée devant l'ascenseur s'assied à côté d'elle.

— Je m'appelle Paulette, je viens ici depuis douze ans et chaque fois c'est un bonheur. Vous verrez, au fil des séjours on se fait des amis.

Le responsable prend la parole.

— Bonsoir à tous et merci d'avoir choisi notre cure *Secrets de jeunesse*. Vous devriez déjà ressentir les premiers bienfaits du changement de rythme et de climat. Un cadre agréable, des soins réconfortants et une alimentation équilibrée sont les conditions idéales pour retrouver l'harmonie avec soi-même.

Les résidents semblent habitués à parler de leurs maux sans la moindre gêne. L'air perdu, deux vieillards agrippés à leurs déambulateurs demandent si quelqu'un peut les accompagner dans le jardin. Du fond de la salle, une voix grave résonne dans la pièce.

— C'est possible de commander un cappuccino dans cet établissement ?

— Non monsieur. Ni caféine ni alcool. Vous êtes à la montagne avec un seul objectif : la santé. Et pour le soir, je vous rappelle nos différentes activités : la sophrologie en groupe, l'école du dos, l'atelier de diététique, une conférence sur la prévention de l'ostéoporose ou la gestion de l'incontinence.

Une chaise tombe, tout le monde se retourne, une grande silhouette s'éloigne.

12

Est-ce que le ridicule tue ? Allongés sur les tables de soin, les curistes emmaillotés dans des draps humides et chauds ressemblent à des momies. L'odeur de l'argile lui chatouille les narines et Marcel n'a qu'un seul mot à l'esprit : mouchoir. À sa droite, un bonhomme Michelin ronfle. Il tourne la tête vers son voisin de gauche.

— Vous savez quand on va nous libérer ?

— Ils ont dit trente minutes.

— Trente minutes ! Je ne tiendrai jamais. J'ai des palpitations dans le cerveau.

— Et moi, j'ai une paupière qui fait des bonds.

— C'est le bagne ici. Ce silence m'écorche les nerfs au lieu de me calmer !

— Pensez à autre chose.

— Je ne peux pas, j'ai des fourmis qui me grimpent sur les orteils.

Monsieur Michelin ronfle de plus belle.

— Vous êtes sûr qu'une cure thermale vous convient ?

— C'est une idée de ma fille.

Le réveil sonne. Deux hydrothérapeutes les délivrent et leur suggèrent une pause de vingt-cinq minutes. Même le temps libre est verrouillé. Si Nora était là, ce serait différent. Il a envie de fuir ces carrelages d'un blanc impeccable. La direction de la terrasse panoramique est fléchée. Ici, rien n'est laissé au hasard.

Le paysage grandiose lui procure enfin une sensation de liberté. Il a toujours eu besoin de voir loin pour se sentir bien. La plupart des résidents profitent des derniers rayons avant qu'ils ne soient absorbés par les Pyrénées. En avril, la belle lumière compte ses heures et chacun recherche ses bienfaits. Un groupe de messieurs bien tranquilles commentent la dernière ascension du col d'Aspin. Un homme qui n'a plus vingt ans depuis longtemps s'agrippe au bras d'une aide-soignante. Plus loin, un mari prévenant dépose un plaid sur les jambes de sa femme.

À côté d'une silhouette frêle, emballée dans un châle, il reste un transat inoccupé. Les autres ont été pris d'assaut. Cette dame semble perdue au milieu de la toile orangée. Ses cheveux sont impeccables, difficile de croire qu'elle a passé la journée dans l'humidité. Un verre d'eau de source à la main, un livre posé sur les genoux, elle regarde le village perché au loin.

— La place est libre ?

Sans attendre la réponse, Marcel s'assied.

— Vous n'avez pas entendu un craquement ?

— Quel genre de craquement ? répond-elle sans le regarder.

— La toile. Ces chaises longues sont toujours trop petites pour moi.

Elle reste immobile, fixe le paysage.

— C'est votre premier séjour ici ? demande Marcel. Moi, on m'a offert une thalassothérapie à Saint-Malo. Je l'ai troquée contre cette cure. Et vous ?

107

— Mon médecin m'a prescrit un changement d'air. Il n'avait pas tort, le ciel est d'un bleu...

— Le bleu, ça m'ennuie, je n'aime que les ciels étoilés.

— J'ai toujours préféré le jour à la nuit.

Les mots se font rares. Des bribes de conversation derrière eux ponctuent le silence : « Lundi, nous avons fait l'excursion à Lourdes. J'ai rapporté deux bouteilles d'eau bénite, c'est pour ma sœur. »

— On dirait que vous appréciez le soleil.

— Mon fils dit que c'est déconseillé à mon âge.

— On ne va plus rajeunir, toute l'argile du monde ne servirait à rien. Insupportables, ces bandelettes !

— J'ai savouré la séance d'arrosoir.

— Hier après-midi, un vrai cauchemar.

— Ah ! Vous trouvez ? Quand j'ai fermé les yeux, une pluie légère a coulé le long de mes épaules et je me suis détendue.

— Moi, j'étais assis en tailleur, j'avais l'impression d'être une grenouille sur un nénuphar et puis j'ai reçu une averse sur la tête, j'ai cru qu'on voulait me couler dans l'étang.

— Une grenouille ?!

Sa main devant la bouche, elle laisse échapper un rire.

— Un crapaud !

Elle rit de plus belle et il est surpris par ce rire de petite fille dans le corps d'une vieille dame.

— Un crapaud en clapettes !

— Vous voulez dire des claquettes ?

— Ces horribles machins en plastique qu'on nous oblige à mettre aux pieds.

— Fred Astaire dans *Singing in the Rain.*

— Cyd Charisse en guêpière vert émeraude.

— Ses longues jambes de rainette.

— Ça fait si longtemps, hoquette-t-elle.

— De quoi ? Dites-moi.

— Que je n'ai plus ri comme ça.

— Moi aussi, ça fait un bien fou.

Marcel reprend son souffle. Il proposerait bien un petit pastis à sa voisine mais cet établissement est trop sage pour espérer un apéro. Autour d'eux les conversations se sont tues. Une brume légère monte de la vallée.

— Ma fille m'appelle tous les soirs pour savoir si je me nourris correctement.

— Mon fils aussi. Il s'inquiète pour moi. Il a peur que je me casse le col du fémur ou que je fasse une mauvaise rencontre.

— Vous avez des petits-enfants ?

— Un seul malheureusement, mais c'est un bonheur. Et vous ?

— Vingt-cinq, enfin je veux dire, Manou, ma fille, en a vingt-cinq dans sa classe. Elle est institutrice.

— Ça m'aurait plu d'être institutrice. Mon fils est notaire.

On leur annonce que la terrasse va fermer dans un quart d'heure et que la séance de luminothérapie va commencer.

— Le temps ne nous appartient plus. Il faut toujours qu'on nous dirige, dans ce sanatorium.

— Peut-être, mais cela me convient. J'ai perdu mon mari il y a sept mois, depuis je tourne en rond. J'avais besoin d'être guidée pendant quelques jours.

Elle resserre son châle autour de son corps qui semble si fragile, comme si elle regrettait l'aveu de cette récente solitude. La belle lumière qui

110

inondait il y a quelques instants la terrasse fait place à une ambiance froide qui rendra bientôt les montagnes plus inquiétantes.

— La séance de luminothérapie de mardi m'a fait beaucoup de bien. Vous m'accompagnez ?

Il ronchonne :

— Non, je n'aime pas la lumière artificielle. Je vais plutôt reprendre un troisième jus de carottes-concombre.

— Comme vous voulez.

Il la regarde s'éloigner. Son chignon serré, contenu par une foule d'épingles invisibles, ne laisse aucune mèche s'échapper.

13

— Ah ! C'est toi mon chéri, tu vas bien ?

— Je ne suis pas content de toi.

— Bonjour d'abord, et tu pourrais me demander des nouvelles de mes genoux. Je vais te dire : ils vont de mieux en mieux.

— Maman, je suis passé à la maison. Maria s'est installée. Tu sais qu'elle dort dans ta chambre ? Elle portait même une de tes robes.

— On en reparlera.

— Ça ne me plaît pas du tout.

— Mais mon chéri…

— C'est la femme de ménage ! Elle n'est pas de notre monde et elle dort dans tes draps.

— Il est peut-être temps de l'ouvrir aux autres, notre monde.

— Ça ne te réussit pas la montagne. Tu ne fais rien de dangereux au moins ? Et tout est bien compris dans le forfait ? Pas de supplément ?

— Si, un supplément d'oxygène, une vision élargie. D'ailleurs je te laisse, je dois me préparer pour le dîner. C'est gentil de te soucier de mon bien-être.

— Sois prudente. Attention de ne pas glisser. Je t'appelle demain à dix-huit heures, reste à côté du téléphone.

Dans son bureau sombre, Frédéric se mordille nerveusement la lèvre inférieure du côté gauche. Depuis qu'elle est veuve, sa mère est ingérable. Elle sort du cadre dans lequel il l'a toujours connue. « Un supplément d'oxygène » ! Ce sont peut-être les premiers signes d'une démence légère. Il devrait en parler au docteur Dubois. Finalement il aurait dû la laisser emmener un portable, il pourrait la joindre à tout moment. Sans son mari pour la canaliser, livrée à elle-même, elle fait n'importe quoi. Entre deux

114

dossiers, son père lui avait glissé : « J'ai aimé ta mère, mal parfois. C'est la femme d'un seul homme : le jour où je ne serai plus là, ce sera une catastrophe. » Peut-être devrait-il aller là-bas. Mais la succession Duvernois et la vente en viager Chassy de Montrachet l'attendent. Le retour est prévu lundi, il ira la chercher à la gare et plus question qu'elle sorte marcher une fois la nuit tombée. Quant à Maria, il va la renvoyer. Elle était grotesque dans la robe de sa mère. L'imprévu, il déteste ça. Un jour, un seul, il avait tenté un autre style. Il s'était senti ridicule en jean et chemise sport devant ses employés. Il avait remis son costume, week-end compris. Il n'avait jamais vu son père en manches de chemise : même en vacances, il n'était pas question de laisser-aller vestimentaire. La fantaisie, ce n'était pas pour lui, et ça rassurait Carole d'avoir à côté d'elle un homme cravaté, tiré à quatre épingles. Sa seule bulle d'oxygène, c'était le ping-pong le dimanche matin avec l'équipe de Sartrouville. La semaine prochaine il appellera une société spécialisée pour qu'on lui présente des dames de compagnie. Ça coûtera ce que ça coûtera mais ça permettra peut-être de limiter les dégâts. Il est fils unique, il n'y a que lui pour maintenir les choses en place, comme son père l'aurait voulu. Maître Delorme de père en fils. Oui, son père serait fier de lui.

Marguerite regarde par la fenêtre. La terrasse est maintenant déserte. Restent les transats vides. Il s'était installé à côté d'elle. Il était grand et imposant. Le noir de ses sourcils broussailleux contrastait avec sa crinière de cheveux blancs. Des rides autour des yeux sombres, un léger tassement des épaules. Elle avait remarqué qu'il portait plusieurs pulls en laine l'un au-dessus de l'autre – ses larges mains noueuses tombaient des manches, comme égarées – et des chaussettes dépareillées. Et elle se souvient qu'elle avait déjà esquissé un sourire. Il y avait eu de longues plages de silence avec la montagne pour seul témoin. Elle fixait la cime des arbres en se demandant qui allait rompre le premier cet instant fragile, si elle allait trouver les bons mots ou trébucher au milieu de la phrase. Ils avaient parlé du ciel bleu, de leurs enfants, et les plis amers qui encadraient la bouche de l'inconnu s'étaient adoucis. Puis elle avait ri à cause d'une grenouille sous la douche. Il avait ri aussi et il avait dit : ça fait un bien fou.

Elle referme doucement le rideau, s'allonge sur le lit, allume la télévision. *Les Feux de l'amour.* Sharon peut-elle faire confiance à Avery ?

Elle a des frissons et un drôle de nuage dans le ventre. Et si elle prenait un bain chaud ? Elle saisit son carnet d'adresses, cherche la lettre D, compose le numéro.

— Allô docteur.

— Madame Delorme… Vous êtes déjà rentrée ?

— Je suis toujours à Bagnères-de-Bigorre. Je me sens toute chose… fébrile, oui, c'est cela, fébrile.

— Un début de refroidissement peut-être. Ou le changement d'air. Deux Doliprane, une bonne nuit de sommeil et demain tout ira bien. Passez me voir à votre retour. Je vous laisse, j'ai des patients dans la salle d'attente.

— Deux Doliprane… je ne sais pas si ça va être suffisant.

14

Marcel fait les cent pas dans sa chambre. Combien d'années lui reste-t-il ? Il est plus vieux que son père quand celui-ci est mort. Maintenant il est en première ligne. Dix ans ? Quinze ans ? Quinze ans sur le banc face à Hector ? Depuis la tragédie de Nice il a toujours l'impression qu'il lui manque des racines. Il refuse d'être une pièce de musée, veuf et inutile. Il contemple ses mains comme si elles étaient détachées de son corps, comme si le meilleur de lui-même ne pouvait s'exprimer qu'à travers elles.

Il attrape un raisin noir dans la corbeille, puis un deuxième, toute la grappe.

L'univers rétrécit mais pas le cœur. L'insouciance et les rires lui manquent. La robe à fleurs de Nora lui manque. L'impertinence de Nora lui manque.

Il se souvient de leur nuit de camping sous la pluie, de la tente percée et du visage de Nora riant sous les gouttes.

Il se souvient de la lumière rebondissant sur le blanc des maisons enchevêtrées d'Alger jusqu'à en devenir aveuglant. Et du café de son oncle près du port. Ils y observaient les vieux jouer d'interminables parties de dominos en chiquant des feuilles séchées et des cendres de bois de figuier roulées dans du papier à cigarette, un verre de Ricard ou de bière Beo jamais très loin. Ils collectionnaient les sous-verres en carton et se les échangeaient puis les jetaient en l'air et recommençaient.

Il a sur les lèvres le goût de la menthe fraîche et poivrée, des mandarines gorgées de soleil, de la harissa brûlante et des pistaches qui craquent sous les dents. Dans les oreilles, le brouhaha de la Casbah, toutes les langues emmêlées et le chant du chardonneret, perché sur l'épaule d'un promeneur au jardin d'Essai. Le parfum entêtant du jasmin envahit la chambre.

De Bab-el-Oued à Saint-Eugène, ils se faufilaient dans le labyrinthe des ruelles animées entre les marchands ambulants installés à même le trottoir. Un jour, ils étaient montés dans le tramway sans payer et quand le contrôleur avait voulu vérifier leurs billets ils avaient prétendu qu'ils les avaient perdus.

Il se souvient des tajines que Nora préparait sous la supervision affectueuse de sa tante. À dix ans, elle connaissait déjà tous les ingrédients : amandes grillées, pruneaux fondants, raisins secs trempés dans l'eau la veille, cannelle, agneau mijoté à feu doux dans le plat en terre cuite. Délicieux comme leur enfance. Un plat sucré épicé, chaque jour plus savoureux et qui durerait toute la vie.

Les joies, les drames, on ne maîtrise rien. Les images s'entrechoquent, le meilleur et le pire se conjuguent.

Il se souvient de sa course folle jusqu'à l'hôtel à Nice. Combien de fois s'est-il remémoré cette journée ? Chaque détail imprimé au fer rouge dans sa mémoire. Sur la table en aluminium de la morgue, un corps bleu, rigide et froid avait pris la place de la petite fille en short, au teint de pêche mûre, à l'odeur de miel et au regard insolent. Un impossible adieu.

Il se souvient de son retour à Vincennes. La même. Plus grande. Plus belle. Plus ronde. Ils avaient fait l'amour avant de se parler, sans préambules, les yeux grands ouverts. Il était entré en elle comme s'il était chez lui. Et puis seulement il avait été tendre et ils avaient échangé leur premier baiser. Il voudrait être dans la salle des fêtes et entendre à nouveau son discours le soir de leurs noces d'émeraude. Elle est partie pour toujours, il s'est levé chaque matin, il a continué à respirer. Il n'est pas mort de lui survivre.

Devant le lavabo de la salle de bains, il laisse couler l'eau froide et s'asperge plusieurs fois le visage.

Il regarde par la fenêtre. Les transats vides s'ennuient dans le crépuscule. Pourquoi a-t-il accepté ce cadeau ? Que fait-il à Bagnères-de-Bigorre, enfermé dans cette cage dorée ? Il aurait

mieux fait de choisir la réserve de bisons en
Lozère ou le centre d'astronomie du pic du
Midi. Cette rencontre sur la terrasse n'a aucun
sens. Nora était là, si présente. Pourtant, les
yeux gris de cette femme reflétaient la sincérité.
Droite, douce, fragile, elle lui faisait penser à
un personnage de roman. Et puis cette soudaine
confidence sur sa solitude. Ça l'avait touché.

Il appuie légèrement le pouce sur son
sourcil droit qu'il lisse lentement, deux fois,
puis le gauche. Il s'imagine ôter les épingles
qui retenaient les mèches blanches, comme
les plumes d'un oiseau dont les ailes seraient
entravées. Il entrouvre la fenêtre pour regarder
encore une fois la terrasse vide. Éparpillées
dans la nuit, les lumières des villages scintillent
comme autant de gâteaux d'anniversaire.

Encore une fois le vent a tourné et il ne sait
pas dans quelle direction.

15

Le dîner est servi à dix-neuf heures trente. Elle s'assied toujours près des colonnes à côté de Paulette qui lui rabâche les oreilles avec les aventures de ses petits-neveux. Et lui, à quelle place aura-t-il choisi de s'installer ?

Elle ouvre son armoire, regarde ses robes. Trop claire, trop foncée, pas assez gaie. Elle regrette de ne pas porter de pantalon. Oui, un pantalon et un chemisier, ça ferait plus jeune. De la poudre, du rose à lèvres, un trait de crayon, un soupçon de mascara. À vingt ans ses cils étaient fournis et recourbés. C'était dans une autre vie. Et la manucure ne change rien aux mains chiffonnées.

Doit-elle aller s'asseoir à sa table dès l'arrivée ou plutôt attendre le dessert ? Il va probablement lui proposer de se joindre à lui. Elle rallume la télévision, Sharon et Avery s'embrassent, elle éteint brusquement, boit un verre d'eau, ouvre son livre, le referme.

Elle choisit des bas fumés. Une grimace pour les enfiler. Elle hésite entre un collier et des boucles d'oreilles, épingle la broche de sa sœur sur le revers de sa robe. Elle pense au baiser de Louis Leduc sous le préau de l'école, le rouge aux joues, à cent millions d'années-lumière d'imaginer qu'un jour elle cacherait son décolleté fripé. Un baiser sucré, bonbon trop vite déballé. Elle se souvient qu'elle lui avait soufflé « Je t'aime » dans l'oreille parce que sa camarade de classe lui avait dit que ça se faisait quand on embrasse un garçon. Son cœur bat vite, elle a chaud, la tête lui tourne et elle se rassied sur son lit, vêtue uniquement de ses bas fumés. Et si elle descendait dans cette tenue ? Elle serait en première page de la gazette locale. Elle voudrait laisser dix ans et quelques rides au deuxième étage, le temps d'une soirée. Il n'y a pas de miracle, seulement une femme de soixante-dix-huit ans qui a le vertige et qui regarde trop la télévision. L'image de Line Renaud au *Lido* lui est restée. Ce n'est pas l'escalier du *Lido* ici, simplement la salle à manger de Bagnères-de-Bigorre. Chacune son entrée, avec ou sans boa.

Et si c'était une énorme bêtise ? Elle marche lentement dans le long couloir sur l'épais tapis plain couleur pêche. Elle ne sait plus si c'est pour gagner du temps ou pour retrouver un soupçon de calme. Du regard, elle balaye la salle à trois cent soixante degré. Il n'est pas là. Elle avance comme une automate et s'installe à sa place. Paulette lui parle de Benjamin qui vient de commencer dcs cours de karaté.

Sans doute prend-il le temps de choisir la chemise qu'il va porter. Celle à carreaux bleus ou celle à lignes vertes. Il est dix-neuf heures quarante-neuf. À cinquante et une, il sera là.

Au menu : potage Du Barry, dos de cabil-
laud, mousseline de haricots verts, salade de
fruits. Et de l'eau, encore de l'eau. Elle n'a pas
faim. Si elle osait, elle commanderait une vodka.

Et s'il avait eu un malaise ? Il faudrait prévenir la réception. Elle a entendu à la radio
que fumer du cannabis donne du courage. Paulette se ressert de mousseline de haricots verts.

— François a trouvé une place au Luxem-
bourg, comme conseiller juridique. C'est un
poste important et on lui a promis une promotion l'année prochaine.

Marguerite aspire au silence pour se remé-
morer la terrasse, le craquement du transat et
la crinière blanche. Il va arriver et dire qu'il est
content de la revoir, qu'il pensait à elle et qu'il
n'osait pas descendre. La séance de balnéothé-
rapie a dû l'épuiser, il se repose avant le dîner.

— Et je ne vous ai pas encore parlé du fils
de mon autre sœur, celui qui vit en Argentine.
Il exporte de la viande de bœuf dans les pays
anglo-saxons.

Eh bien dansons maintenant !

Marguerite se rappelle les paroles de Frédéric :
« Ça ne te réussit pas la montagne. » Il n'a pas
tout à fait tort. Elle a permis à de vieux rêves
d'adolescente de remonter à la surface. Tout ce
cinéma pour un vieux bonhomme défraîchi. Ça
n'a aucun sens. Elle se lève, laissant Paulette à
ses neveux. Les magazines de salles d'attente
l'ont trompée. Quand on est veuve, c'est pour
toujours ! Allez, deux Doliprane et au lit.

Elle espère que le jet d'eau glacée de onze
heures demain matin achèvera de lui remettre
les idées en place. Le reste de la journée, elle
évitera les endroits où elle risque de le croiser,
puis elle appellera la réception et prétextera une
migraine pour demander qu'on lui apporte du
fenouil avec un filet de citron dans sa chambre.
Elle regardera Sharon et Avery s'embrasser à la
télévision.

16

Marcel s'est endormi le ventre vide et la nuit n'a pas été sereine. Il s'est réveillé avec l'image de ce personnage de roman aux yeux gris lumineux. Il va descendre au petit déjeuner, s'installer à sa table et reprendre la conversation où ils l'ont laissée.

Elle n'est pas assise dans la salle à manger. Elle n'est pas non plus devant le buffet. Il bute sur la marche qui descend vers la véranda.

— Ça, c'est bien les femmes, elles s'évaporent, marmonne-t-il.

Privé de café par le règlement, il boit une première chicorée puis une deuxième. Au moment où il étale une épaisse couche de confiture de figues bio sur une tranche de pain complet, elle passe à côté de lui sans rien dire, le chignon bien tiré, plus strict que jamais, et va s'installer à deux tables de la sienne. Il y a une place vide à côté de lui. Pourquoi n'est-elle pas venue s'asseoir ? Elle ne l'a pas vu, ou alors elle feint l'indifférence pour attirer son attention. Il a l'impression d'être dans une cour de récréation du troisième âge. Il reconnaît le timbre de sa voix.

— Je n'ai pas très faim ce matin, Paulette.

En face d'elle, une dame plus en chair qu'en os, aux cheveux roux et courts, parle pour qui veut l'entendre.

— J'ai apporté des photos. Regardez, le petit à droite, c'est Benjamin, et puis là, vous avez Camille, Jean-Charles, Adeline et François. Toute la famille en vacances à Cabourg. Un régal ! Et les huîtres, mon dieu, je ne vous dis pas. Bon, moi je retourne au buffet, j'ai un appétit d'ogresse.

Il ne tient pas en place. Au diable les conventions ! Une soucoupe et une tasse dans une main, le sucre dans l'autre, Marcel se lève et en deux temps trois mouvements, s'assied face aux yeux gris lumineux.

— Vous avez vu le programme du jour ? Les activités sont réduites aujourd'hui… J'ai l'impression d'être un rhinocéros en semi-liberté… Et si je vous emmenais ?… Mettez des baskets, prenez votre écharpe, je m'occupe de tout.

Elle n'a pas déposé le pot de confiture qu'elle garde en main, figée dans l'instant.

Paulette revient et le dévisage avec une curiosité affamée. Une omelette aux champignons déborde de son assiette. Marcel a horreur de l'odeur des œufs au saut du lit.

— Je vous donne rendez-vous à dix-sept heures au pied du petit perron à l'entrée de l'hôtel. J'ai une Peugeot bleue.

— Je ne peux pas accepter.

— Qu'est-ce qui vous arrête ?

Elle fixe l'étiquette du pot de confiture.

— Vous êtes malade en voiture ?

— Non, mais on se connaît à peine.

— Nous avons parlé du ciel et de nos enfants, ça ne suffit pas, madame ?

Paulette avale une girolle de travers.

— Écoutez monsieur, ne m'appelez pas madame, je m'appelle Maguy… Marguerite… comme vous voulez.

— Je choisis Marguerite mais je vous en prie, posez ce pot de confiture, il ne va pas s'envoler !

— Je ne connais même pas votre nom.

— Je ne porte pas celui d'une fleur malheureusement.

— Vous connaissez des hommes qui portent le nom d'une fleur ?

— Narcisse ! s'exclame Paulette, d'un air satisfait.

Ils acquiescent poliment.

— Je m'appelle Marcel… et maintenant que les présentations ont été faites en bonne et due forme, acceptez-vous mon invitation ?

— Laissez-moi un peu de temps.

— Le temps d'aller au buffet chercher une tranche de pain de seigle.

Devant le grille-pain, il observe les deux femmes attablées. Marguerite regarde les montagnes au loin, se lève, s'entoure de son châle, salue Paulette d'un léger mouvement de tête, monte les quelques marches qui séparent la salle à manger de la véranda.

Eh bien dansons maintenant !

— Moi, ça ne me dérangerait pas d'avoir rendez-vous à dix-sept heures au pied du perron, lance Paulette d'une voix de ténor. Vous allez dire oui ?

17

Après cinquante-cinq ans d'une vie où toutes les notes s'alignaient comme sur une partition de Chopin, elle a été surprise de s'entendre dire « Pourquoi pas ». Elle n'a pas terminé son petit déjeuner, inquiète d'avoir laissé s'immiscer la confusion dans son parcours sans faute.

Il est dix-sept heures. Chaussures en daim, pantalon en toile et pareil à l'autre jour, plusieurs pulls superposés, il l'attend devant une voiture qui ne ressemble pas à celles qu'elle a connues.

Henri ne portait que des costumes en flanelle grise, impeccables, avec des chemises en popeline blanche repassées par Maria.

Paulette est là, sur la troisième marche du perron. Elle contemple les fleurs dans le grand vase en pierre.

— S'il reste de la place, je ne suis pas contre l'idée de vous accompagner.

Marguerite balbutie :

— Je suis désolée, ce n'est pas moi qui conduis. C'est délicat de le lui demander, un monsieur que je connais à peine.

— Moi je ne me fierais pas à un inconnu. Soyez prudente, les hommes se transforment parfois en loups-garous.

Elle laisse Paulette à ses inquiétudes et rejoint Marcel.

— Je suis content de vous voir… Il fait un temps splendide, on a de la chance, bredouille-t-il.

— Ce n'est pas comme la semaine passée, ose-t-elle.

— Laissez-moi quelques minutes. Il y a pas mal de trucs à organiser là-dedans.

Il marmonne en rangeant un sac à dos dans le coffre et elle aime cette improvisation malhabile. Henri ne la surprenait jamais. Elle a de la tendresse pour cet homme qui doute et s'autorise néanmoins un écart.

— Voilà, vous pouvez vous asseoir maintenant.

Il tient la portière qu'il referme derrière elle. Avant de démarrer, il la regarde un instant et comme pour obtenir sa bénédiction :

— En route ?

Pendant le premier quart d'heure, un long silence, la sensation de faire une fugue d'adolescents, de braver un interdit. Que dirait Frédéric s'il la voyait avec un inconnu dans une Peugeot bleue cabossée sur une route de montagne ? Cet homme l'intrigue et sa curiosité l'affole. Il n'y a pas à nier l'évidence, il l'a séduite. Ses pulls superposés, sa maladresse et un fou rire sur une terrasse.

Elle est assise bien droite, son sac serré sur les genoux. Il est là, concentré sur la route, si près d'elle, ses grandes mains noueuses sur le volant. Elle observe les muscles de son avant-bras se tendre quand il change de vitesse. Elle s'enfonce dans son siège.

139

Il choisit un CD. L'accordéon, le banjo et la mandoline se mêlent aux voix graves et envahissent la Peugeot.

— C'est beau, dit-elle.

— La musique chaâbi fait tout oublier. Elle a bercé mon enfance, dans la rue, chez le coiffeur, au café. Là-bas tout le monde raffole de ces airs populaires. Là-bas, c'est chez moi, en Algérie.

Un homme, venu d'un ailleurs mystérieux, l'emmène dans un endroit connu de lui seul et elle trouve ça grisant. Elle a l'impression de manger une friandise en cachette.

Après des virages à n'en plus finir, il s'arrête sur un petit parking, lui ouvre la portière et lui offre son aide. Elle pose la main sur son poignet pour assurer son geste. Sa peau est chaude et son duvet léger, elle chancelle, s'appuie sur son bras solide et se laisse guider le long du chemin rocailleux.

Au bout du sentier balisé, une vue à couper le souffle. Un soleil blanc, devenu écarlate, couronne les montagnes immobiles. Dames en capelines, leurs cimes enneigées s'élèvent majestueuses dans le ciel. Au premier plan, comme une pierre précieuse dans un écrin, un lac couleur saphir. Sa surface limpide réfléchit le ciel et les nuages évanescents. Et comme s'il les attendait, un large banc en bois, face à la rive. Perché sur un écriteau *Baignade interdite*, un merle les regarde. Tout est calme sous ce ciel d'avril.

Personne ne lui a jamais offert un moment aussi parfait. Une totale harmonie, la douceur de l'air, le silence devenu confortable. Elle ne savait pas qu'un bonheur aussi simple pouvait exister.

Il sort de son sac à dos un Thermos, deux tasses, des abricots secs et des boudoirs.

— J'ai réussi à me procurer quelques douceurs en cuisine. Je vous sers un café ?

Elle ne boit que du thé et, après dix-sept heures, elle a l'habitude de prendre des tisanes. Si elle accepte, elle ne dormira pas. De toute façon cette nuit elle n'aura qu'une envie : se souvenir.

— Avec deux sucres, s'il vous plaît.

Il farfouille dans son sac.

— Quel idiot ! J'ai oublié le sucre. Du lait ?

— Non merci.

C'est une jolie façon de faire connaissance, savoir combien de sucres l'autre prend dans son café, si on est plutôt thé ou tisane, serré ou déca, bord de mer ou vacances à la montagne, Saint-Malo ou Bagnères-de-Bigorre. On parle de petits riens et, de fil en aiguille, la conversation s'engage tranquillement, devient plus naturelle.

— Je peux vous prendre en photo ? demande-t-il.

Elle ne sait pas pourquoi mais face à ce paysage idyllique elle aime entendre cet homme prononcer cette phrase.

— Nous ne sommes pas censés être en vacances, nous sommes ici pour les bains bouillonnants.

— Uniquement ?

Sa crinière blanche, son grand corps, ses mains noueuses. Elle murmure :

— Peut-être pas, je ne sais plus.

— C'était intenable l'autre jour ces bouts de chiffons qui m'emprisonnaient. Je préfère être à l'air libre.

— Avec mon mari, nous visitions les châteaux de la Loire.

Un jour Henri avait esquissé un sourire, les yeux plissés. « Vous avez l'air heureux. » « C'est le soleil qui me gêne. » Elle n'avait jamais oublié cette réplique.

— Je me sens moins enfermée ici. Vous connaissez la Loire ?

— Ma femme et moi faisions partie d'un club de Scrabble et nous avons passé toutes nos vacances à sillonner la France…

Un nuage dans le ciel bleu, pense Marguerite. Paulette avait raison.

— Votre épouse n'aime pas les cures thermales ?

— Non, c'est pas ça…

— Excusez-moi…

— Il y a onze mois, elle s'est noyée, à Nice.

Le merle se pose au bord du lac, avance une patte, hésite, s'envole.

— La vie ne tourne pas toujours comme on l'avait imaginé, reprend-elle doucement.

— Le plus étonnant, c'est de me retrouver seul ici avec vous sur ce banc.

Les montagnes sont là dans toute leur splendeur et on entend une cloche sonner au loin.

143

— C'est ce qu'on appelle un concours de circonstances.

— Le destin… *Mektoub*, comme on dit chez nous.

— La nuit tombe, il est temps de rentrer.

Ils quittent le paysage qui les enveloppe de sa bienveillante présence en cet instant si singulier. De nouveau un silence qu'ils ne connaissent pas, un silence moins confortable. Elle ne veut plus qu'il lui prenne le bras, elle voudrait être ailleurs, tout cela est trop particulier.

— J'ai oublié le rendez-vous téléphonique avec mon fils.

— Vous direz qu'il y avait une séance de méditation en option.

— Sinon je risque la punition.

— Avec le bonnet d'âne, vous imaginez ?

Ils éclatent de rire et la caresse de l'air leur paraît à nouveau plus légère. La lune s'élève à l'est dans le ciel constellé d'étoiles qui vire au bleu sombre. Il chuchote.

— *Puisque la nuit est destinée au sommeil, à l'inconscience, au repos, à l'oubli de tout, pourquoi la rendre plus charmante que le jour, plus douce que les aurores et que les soirs… À qui*

144

Eh bien dansons maintenant !

*était destiné ce spectacle sublime, cette abondance de poésie jetée du ciel sur la terre ? **

— Vous aimez à ce point les ciels étoilés ?

— J'aime beaucoup Maupassant et beaucoup moins les ciels étoilés depuis l'accident. C'est la première fois que je redécouvre ce plaisir. J'ai l'impression qu'Orion nous observe.

— Orion ?

— Elle est là, toujours au même endroit, au nord-est de Sirion et à 45 degrés de Castor et Pollux.

Marguerite s'assied dans la voiture et ne peut s'empêcher de penser qu'il vit seul, comme elle.

* Guy de Maupassant, *Clair de lune.*

18

Les valises sont dans le hall d'entrée. Elle va prendre la navette pour la gare de Tarbes et lui, la route du retour en solitaire. Paulette distribue des cartes de visite à la typographie démodée et promet à la cantonade que tout le monde va se revoir bientôt. Chacun acquiesce sans y croire. Le corps entier noué à l'idée de quitter Marguerite, Marcel lui demande :

— Qu'est-ce que vous allez faire en rentrant ?

— Des crêpes avec mon petit-fils. Et vous ?

— Je descendrais bien jusqu'à Collioure.

Dans leur bulle au milieu du brouhaha général, il ajoute :

— Vous avez envie de m'accompagner ?

Marguerite reste interdite, enlève une épingle de son chignon, la replace lentement, serre les pans de son manteau autour d'elle.

— Je ne veux pas vous brusquer.

— Pourriez-vous me prêter votre téléphone ?

Elle sort un carnet de son sac, cherche le numéro, tape brusquement sur les touches.

— Allô, mon chéri.

— Maman, c'est toi ?

— Vous avez laissé le haut-parleur, dit Marcel.

Elle se tourne vers lui.

— Mon fils trouve que ces ondes sont néfastes pour le cerveau.

— Maman ! D'où m'appelles-tu ?

— Je te téléphone du portable d'un ami.

— D'un ami ?!

— Je rentre dans quelques jours. Il me raccompagnera.

— Je n'ai pas bien compris.

— Je t'ai déjà dit que tu devais consulter un O.R.L., mais tu n'écoutes pas ta mère. Je suis avec un ami qui m'emmène à Collioure pendant quelques jours.

— De qui parles-tu ?

148

— Rassure-toi, c'est quelqu'un de très bien.

— Et tu pars seule avec lui ? Tu es sûre que cet homme est fréquentable ? Qu'est-ce qu'il a comme voiture ?

— Une bleue.

— Comment ça, une bleue ? Et qu'est-ce que je dis à Ludovic ? N'oublie pas que tu es grand-mère !

— Oui, tu as raison mon chéri, je devrais être en train de faire des confitures et de tricoter une écharpe pour Noël, embrasse mon petit-fils pour moi et demande à Maria si elle peut rester jusqu'à mercredi.

— Je m'occupe de Maria. N'oublie pas de mettre ta ceinture de sécurité.

Marguerite sourit, elle a cru entendre chasteté.

En voilà un qui n'a pas l'air commode. Manou s'est contentée de dire : « Tu as une bonne voix, sois sage, prends soin de toi et n'oublie pas de te nourrir correctement. » Le départ s'est fait dans la précipitation. Paulette a interrompu sa tournée d'au revoir pour les regarder s'éloigner d'un air songeur. Cette rétrospective sur le commandant Cousteau à la radio arrive à point.

Marcel ne laisse pas au réceptionniste de l'hôtel près du port l'occasion de poser la question.

— On voudrait deux chambres.

Marguerite regarde la plante verte sur le comptoir et lui, il bredouille :

— C'est plus raisonnable.

Très vite ils redescendent dans le hall d'entrée et, semblables à tous les couples du monde qui arrivent dans un endroit inconnu, ils cherchent l'Office du tourisme. Le plan, avec son parcours à suivre, leur tombe rapidement des mains. Ils préfèrent se perdre dans les ruelles et découvrir au gré de leur humeur les galeries de peinture, les havres de paix des sculpteurs et les caves cachées des céramistes.

Ils s'arrêtent dans un atelier d'anchois et admirent le savoir-faire des ouvrières qui accommodent de façon artisanale le petit poisson bleu.

— D'habitude je rapporte à mon fils une reproduction encadrée d'Azay-le-Rideau, un guide de Chenonceau ou une médaille de Blois, mais aujourd'hui ce seront des bocaux de tapenade et de filets marinés au vinaigre.

Au moment où elle paye, Marcel entrevoit dans le portefeuille de Marguerite la photo d'un vieux monsieur sérieux et cravaté.

Ils terminent leur promenade près du phare au bout de l'estacade. À la tombée du jour, les collines se parent de lumières ocre et rouge. Une carte postale, en mieux.

— Je dois vous avouer quelque chose. C'est la première fois que je regarde la mer avec un homme.

Marcel enlève ses lunettes d'un mouvement brusque et là, sur l'estacade, il décide de lui raconter la partie de Scrabble et le drame sur la plage de Nice.

Marguerite pose sa main sur la sienne.

— Je suis désolée.

— Non, c'est moi. On retarde toujours le moment de raconter ce genre de choses, on ne devrait pas.

La petite main froissée et la grande main noueuse restent unies un instant.

151

Le patron de l'hôtel leur a conseillé un restaurant de spécialités catalanes dans le village. Ils vont s'éloigner de la mer, ce n'est pas plus mal.

— Qu'est-ce qui vous ferait plaisir ?

— Je ne sais plus très bien ce que j'aime.

Sur la table voisine, une assiette de sardines. Marcel se souvient… Ils étaient partis en excursion avec le professeur de biologie pour une partie de pêche au bord de la Méditerranée. Pendant qu'il enlevait l'hameçon d'un des poissons Nora avait crié : « Comment tu peux ? Tu ne vois pas qu'il se débat ! » Elle avait rejeté dans l'eau tous les poissons qu'il avait attrapés. Marcel n'avait rien dit et sur le chemin du retour il lui avait pris la main pour la première fois.

Il commande des gambas à la plancha, une parillada de coquillages, une effilochée de morue et une bouteille de banyuls, il y aura sûrement quelque chose qui lui plaira.

Il remplit deux verres et lève le sien avec un large sourire.

— Aux enveloppements à l'argile verte.

Marguerite fait de même, intimidée. La chaleur lui monte aux joues, elle répond doucement :

— À la vie et ses jolies surprises.

Elle prend un morceau de pain, le repose, boit une gorgée, regarde le dessin en noir et blanc de Collioure : des promeneurs élégants au début du siècle, un canotier en paille ou une ombrelle à la main.

— J'aime bien la gravure qui est derrière vous.

Marcel se retourne.

— Mon mariage avec Henri, ce n'est pas ce dont je rêvais dans ma jeunesse.

En sortant du restaurant, Marguerite tressaille.

— Qu'est-ce qui se passe ?

— J'ai aperçu un confrère de mon mari.

Il se redresse, écarte ses grands bras et dit en riant :

— Je suis votre paravent.

— Je le connais, s'il me voit avec vous, tout Maisons-Laffitte le saura dans trois jours.

Son air de petite fille prise en faute émeut Marcel. Et c'est là qu'il l'embrasse pour la première fois. Un mardi d'avril, à Collioure, sur la Côte Vermeille.

Bouche contre bouche, immobiles, aspirant le souffle l'un de l'autre dans une seule et même respiration, ils soupirent. Un soupir de délivrance et d'abandon.

— Bonjour madame Delorme.

— Maître Damoiseau…

— Je ne vous avais pas tout de suite reconnue.

— …

— Bonnes vacances, madame Delorme, mes salutations à Frédéric.

19

Ces trois jours ont passé comme un seul. Assise sur son canapé en velours, Marguerite murmure :

— J'ai dû rêver.

Les murs couleur ivoire, le tapis d'Orient, le fauteuil vide d'Henri semblent si loin des transats, du lac et de la voix grave de Marcel. Il l'a déposée devant la porte et il a simplement dit : « C'est drôle d'habiter si près l'un de l'autre. Ça me ferait plaisir de vous revoir. » De l'amitié ou de l'amour ? Elle ne sait pas sur quel pied danser. Et si elle téléphonait au docteur Dubois ? Je me suis bien occupée de moi, les algues étaient délicieuses, un homme m'a embrassée. Elle ferme les yeux pour retrouver la sensation de leurs mains qui s'effleurent, la délicatesse de son baiser. Sous ses airs de vieux chêne transparaît une vulnérabilité qui la touche.

« On ne refuse pas la chance. » Les paroles de son père lui reviennent tel un boomerang. Si elle était montée dans la navette, elle aurait refusé cette chance. Il avait pris deux chambres. Devant les feuilles vertes du ficus, elle avait ressenti un soulagement et un soupçon de déception. Tout cela était tellement différent du protocole et des notables qui lui avaient si peu convenu. Et puis il y avait eu sa confession. Les mots étaient là depuis des années et elle ne les avait jamais prononcés, excepté à cet inconnu qui lui tenait la main par-dessus une nappe à carreaux bleus et blancs et qui ne la lâchait plus. La vie quelquefois peut être magique et fragile, cela aussi elle l'ignorait.

Elle se souvient de son premier baiser avec Henri. C'était pendant leur voyage de noces à Villandry. Elle s'était ennuyée à périr. Salons d'apparat, tapisseries en toile de Jouy et le clou du séjour : une reconstitution d'un tournoi de

156

chevaliers, avec armures et blasons. Il avait horreur de l'à-peu-près, la chambre était spacieuse avec une vue imprenable sur les allées rectilignes, l'alignement irréprochable des rosiers, le chèvrefeuille coupé au ciseau et les buis taillés comme des sculptures. Tout était parfait et prévisible, comme lui.

Il avait lissé les plis de son pantalon avant de le déposer sur la chaise et puis il avait éteint la lumière. Sous le drap blanc, les ébats n'en portaient que le nom, à mille lieues des fantaisies qu'Hélène lui avait racontées pendant le voyage à Rome. À mille lieues d'Emma Bovary *arrachant le lacet mince de son corset qui sifflait autour de ses hanches comme une couleuvre qui glisse.* La femme de chambre qui leur apportait le petit déjeuner avait esquissé un sourire complice avec les nouveaux époux. Henri était resté de marbre. Au début de leur mariage, il la rejoignait deux fois par mois dans son lit. Puis une fois. Puis plus du tout, comme s'il avait oublié d'inscrire le devoir conjugal dans son agenda. Il faisait la chose de manière furtive, presque coupable, insensible à son parfum ou à la douceur de sa peau. Il ne l'avait plus jamais regardée comme il l'avait regardée lors de cette première soirée, ils n'avaient plus jamais dansé. Même la pochette lilas avait disparu. Marguerite avait compris qu'elle ne rirait jamais à gorge déployée avec lui et s'était demandé si à sa place, une autre femme prendrait un amant.

Une enveloppe posée sur le guéridon attire son attention. Elle est adressée à son nom.

Madame Delorme,
Quand vous trouverez cette lettre, je ne travail-
lerai plus pour vous. Votre fils m'a demandé de
quitter la maison sans préavis. J'en suis toute
retournée. Après trente ans de bons et loyaux
services, comme dit l'expression, je vous rends mon
tablier. J'ai remis les robes à leur place dans
l'armoire. J'ai fait les gelées de pommes, elles sont
sur l'étagère dans l'arrière-cuisine. Je penserai à
vous en écoutant la deuxième sonate de Chopin
mercredi prochain.
Votre dévouée Maria.

Elle serre la lettre entre ses mains, incré-
dule, la relit une deuxième fois, la repose sur
le guéridon, ouvre sa valise, prend la bouteille
de banyuls, un bocal d'anchois et lance à voix

haute comme si elle parlait pour toute la maison :

— Comment a-t-il osé ?

Elle se sert un petit verre qu'elle boit d'une traite et s'apprête à en boire un deuxième. Un coup de sonnette l'interrompt.

C'est lui ! Il va l'emmener au bout du monde découvrir une terre inconnue, à la rencontre de tribus perdues dans la jungle. Ça tombe bien, elle n'a pas encore défait sa valise. Un coup d'œil dans le miroir du hall d'entrée et elle ouvre la porte, prête à tout.

— Papa m'a déposé, il arrive dans cinq minutes.

Essoufflé, les joues rouges, Ludovic l'embrasse, entre dans le salon, se jette dans le grand canapé et, selon son habitude, se construit une cabane de coussins.

— Il dit que la montagne t'a rendue un peu folle.

— Comment cela, folle ?

— Il paraît que t'as fait des bêtises et que t'as plus l'âge pour ça.

— Écoute, mon Ludo, je vais te dire un secret. Tu parles toujours de la petite Émilie avec qui tu vas au cours de gymnastique. Eh bien moi, j'ai rencontré un monsieur.

— Au cours de gymnastique ?

— Non, dans un transat.

— Tu as les yeux qui brillent.

— Et si on faisait des beignets ?

Ludovic insiste.

— Tu l'as embrassé en amoureux ?

— Et toi, Émilie, tu l'as embrassée ?

— J'ai peur qu'elle veuille pas, elle m'a dit une fois que j'étais trop gros quand je n'arrivais pas à monter l'échelle de corde.

— Ce n'est pas grave mon chéri, tu finiras par monter tout en haut de l'échelle et embrasser Émilie sous le préau.

— T'as pas répondu : quand on est vieux on embrasse encore ?

— Oui.

— Et toi, t'es vraiment vieille pour de vrai ?

La porte d'entrée se referme.

— Chut ! Les histoires d'amour, c'est notre secret.

Ludovic fait un clin d'œil à sa grand-mère et s'enfouit sous les coussins. Marguerite emmène son fils dans la cuisine et lui demande de s'asseoir.

— J'ai trouvé une lettre de Maria, que s'est-il passé ?

— Elle prenait des airs de propriétaire. J'en ai profité pour installer la caméra de surveillance dans l'entrée, et même si ça ne te semble pas utile, ça valorise la maison. Ils viendront placer l'alarme la semaine prochaine.

— Je suis chez moi ici et je suis encore capable de prendre des décisions.

Frédéric reste interdit.

— Je ne t'ai jamais entendue parler comme ça.

— Il va falloir t'habituer à m'entendre... J'ai soixante-dix-huit ans, ne l'oublie pas.

— C'est bien là le problème.

Le regard de Frédéric se pose sur la table.

— Tu bois du vin à cinq heures de l'après-midi ?

— Je t'ai rapporté des anchois marinés au vinaigre mais je ne sais pas si le moment est bien choisi pour offrir des cadeaux.

— Même Carole trouve que c'est insensé de nous avoir laissés sans nouvelles. Quand je pense à tout ce qui aurait pu t'arriver. Il y a de plus en plus de seniors qui disparaissent. Quatre par jour ! J'ai vu un reportage.

— Justement il m'est arrivé quelque chose.

— Tes genoux ?

— Mais non, pas mes genoux, décidément tu ne comprends jamais rien ! C'est le cœur.

— Quoi, le cœur ?

— Il s'emballe.

— Si tu as des palpitations, il faut prévoir au plus vite un rendez-vous chez le cardiologue.

— Tu connais Collioure ? C'est splendide et sous la lumière d'avril c'est encore plus féerique.

— Je m'en fous de Collioure. Tu devrais appeler le docteur Dubois pour qu'il te donne le nom d'un spécialiste compétent.

— Je n'ai pas besoin de médecin. J'ai besoin de danser sous la pluie comme Fred Astaire.

Adossée au lave-vaisselle, elle repense à son petit bonhomme, celui qui courait dans ses bras en rentrant de la pension. Où est-il passé ?

Frédéric aimerait que son père soit encore là pour gérer cette situation insensée. Mais de son vivant tout serait resté à sa place.

bamboozle

— Tu es sous influence. Cet homme t'embobine, il se fait passer pour un curiste et met le grappin sur des femmes âgées, tu vas voir qu'il va finir par nous voler l'argenterie. Je t'interdis de revoir ce monsieur.

— Ce monsieur s'appelle Marcel, Marcel Guedj.

— Guedj ?

Frédéric fronce les sourcils, il a déjà entendu ce nom mais il n'arrive pas à préciser le souvenir.

— Et tu m'infantilises, je n'ai pas quinze ans.

— Justement.

— C'est ma vie et le temps qu'il me reste, je l'utilise comme je l'entends. J'ai l'impression parfois d'être passée à côté de l'essentiel. Je vais t'avouer quelque chose, c'est la première fois qu'un homme m'apporte tant de joie.

— Tu as perdu la tête.

— Non, j'ai la tête dans les étoiles.

— C'est bien ce que je disais.

Il sort de la cuisine et quelques instants plus tard elle entend Ludovic pleurer puis la porte se refermer. Elle se retrouve seule avec le banyuls, le vin des confidences. Et si c'était une parenthèse enchantée, un bonbon au goût délicieux

163

qui aura fondu trop vite, un mirage ? Trois jours à Collioure destinés à s'évaporer.

Elle a rencontré cet homme à l'autre bout de la France et ils vivent à quelques kilomètres l'un de l'autre. Le destin ? *Mektoub*, comme on dit chez lui. Elle se sert un autre verre.

— Aux concours de circonstances.

Henri qui pose devant le château d'Amboise la regarde sévèrement depuis l'étagère des boîtes à thé. Elle abandonne la valise dans l'entrée, le verre de banyuls à moitié vide, la lettre de Maria sur le guéridon et compose le numéro qu'il a noté en vitesse sur l'emballage de la boîte d'anchois. C'est le répondeur : « Vous êtes bien chez Marcel et Nora, nous ne sommes pas là pour l'instant. »

Elle laisse passer un silence, respire et d'une voix tremblante :

— Je voulais vous dire merci.

20

Il sait exactement où se trouve le sac à main qu'elle avait emporté à Nice. Il les a tous donnés sauf celui-là, et il a formellement interdit à sa fille d'y toucher. Il le replace toujours au même endroit. À gauche, sur la troisième étagère, à côté du maillot de bain bleu et rouge. Il reste un instant en suspens mais lorsqu'il vacille comme aujourd'hui, il lui est impossible de tenir tête à la tentation. Il ouvre la porte de l'armoire, prend délicatement le sac, le pose sur la table après l'avoir serré contre lui, caresse le raphia de ses grandes mains, fait doucement claquer le fermoir en métal, en sort le contenu et l'étale devant lui. Toujours dans le même ordre. D'abord le flacon de parfum. Il résiste à l'envie de pulvériser les dernières gouttes au creux de son poignet. Le rouge à lèvres. Il enlève le capuchon, trace une marque bois de rose sur sa main. À la page du 9 juin de l'agenda, un rendez-vous chez le dentiste à dix-sept heures. Manqué pour cause de baignade sans retour. Une revue de mots croisés inachevés. Revoir son écriture penchée dans les cases le boule-verse. Dans le porte-monnaie, trois pièces de cinquante cent, deux de vingt cent et un vieux ticket de cinéma pour la séance de vingt et une heure trente. Une photo aux couleurs déla-vées : elle souffle les onze bougies de son gâteau d'anniversaire et à côté d'elle, il applaudit. Et dans la poche intérieure, sa carte d'identité et les clés de l'appartement. Il embrasse le tube de rouge à lèvres et murmure :

— Pardonne-moi.

Il allume la radio pour tenter de chasser la pieuvre qui lui serre la gorge. Marguerite a ranimé quelque chose, une lumière se faufile dans le noir, son cœur et son corps se réveillent. Il pense à tous ces gens qui vivent une nouvelle histoire. Mais cette femme rencontrée par hasard ne sait rien de l'Algérie ni de son village. Nora connaissait chaque détail de leur vie par cœur. C'était un amour d'enfance, unique, irremplaçable. La photo fanée d'un gâteau d'anniversaire. On ne devrait pas vieillir. Il est submergé par ce lieu commun : elle est partie trop tôt. Et si le destin avait basculé de l'autre côté et inversé les rôles, que ferait-elle ?

Il enfile son pardessus, claque la porte d'entrée, descend l'escalier et marche aussi rapidement que possible jusqu'à la place. Il s'installe à une table près de la vitre au fond du café, observe les voitures en double file et les têtes tendues pour apercevoir les enfants. Sa montre indique seize heures. La voilà. Il est ému de la voir entourée de ses élèves. Elle salue des parents, boutonne le manteau d'une fillette, embrasse une collègue. Peut-être Françoise dont il a souvent entendu parler. Elle traverse la rue, reconnaît son père derrière la vitre et pousse la porte du bistrot.

— Ma chérie ! Tu as le temps de prendre un café ?

— Ce n'est pas tous les jours que mon père m'attend à la sortie de l'école.

— J'ai toujours été là.

— Oui, il y a trente-cinq ans. Tu ne vas plus me prendre sur tes épaules et faire le cheval de trait.

— Tu me donnais des coups de pied dans les reins pour que j'avance plus vite...

— Il y a un an quand j'avais besoin de toi... je ne te demandais pas de me prendre sur tes épaules mais dans tes bras.

Manou enlève sa veste, pose son cartable sur une chaise, s'assied en face de son père et le regarde droit dans les yeux.

— Je t'offre une cure et tu te volatilises. J'ai eu peur qu'il te soit arrivé quelque chose. Tu n'es plus un jeune homme. Tu permets que je me tracasse ?

Toujours le même choc pour Marcel. Les formes généreuses, les cheveux noirs et cette voix rocailleuse. Tout lui rappelle Nora.

— Où es-tu allé pendant trois jours ?

— À Collioure...

— Tu n'étais jamais retourné près de la mer.

— Là, c'était différent...

168

— Tu as de la chance, moi je ne peux plus approcher la Méditerranée à moins de cinquante kilomètres. C'est plus fort que moi.

— Je ne l'ai pas sauvée.

— Mais papa, tu n'étais pas sur la plage.

— J'aurais dû être avec elle plutôt que de chercher un mot à cinquante points.

Manou voit le visage ridé, les cheveux encore plus blancs, les veines bleutées sur les mains de son père, prêt à basculer dans le chagrin qu'elle connaît si bien mais n'a jamais partagé avec lui.

— C'était un accident de la vie.

— J'aurais préféré mourir à sa place. Tu as besoin de ta mère et surtout je n'aime pas être celui qui reste.

Manou regarde les grands tilleuls alignés dans la rue, elle chuchote :

— Elle me manque aussi.

Tous ces silences entre un père et sa fille. Il y a quelques mois, pendant une dictée, elle avait fondu en larmes au milieu d'une phrase puis elle avait abandonné sa classe. Elle était revenue en bredouillant que les choses étaient difficiles parfois. Elle n'avait pas osé dire la vérité à ses élèves, tant cette disparition la submergeait. Le lendemain, elle avait trouvé sur son bureau un dessin avec un grand soleil rouge.

— Maman a eu de la chance de partir encore belle et en bonne santé. Elle ne s'est pas vue vieillir, il faut garder cette idée en nous.

Marcel baisse la tête.

— Je ne lui ai pas dit au revoir.

Elle a trop entendu cette phrase, toujours la même. La seule. Manou tourne sa cuillère dans sa tasse vide. Quelques semaines avant le drame de Nice, Nora et elle s'étaient offert une sortie entre filles. Saké et confidences. Chaque fois qu'elle passe devant *La Maison de Tokyo* elle détourne le regard. Le mot sushi est devenu imprononçable.

— Pourquoi a-t-on vécu cette tristesse chacun dans son coin ? La première personne avec qui je voulais en parler était aux abonnés absents. J'avais l'impression d'avoir aussi perdu mon père.

Il murmure :

— Je suis désolé, je n'avais pas les armes. J'étais dévasté moi aussi. On n'allait pas cumuler nos chagrins.

— Je sais papa, je sais, excuse-moi. Tu ne veux pas manger quelque chose ?

Elle sourit.

— Si on s'offrait une douceur ?

Comme il l'aime sa fille. Pas toujours à la hauteur de ses attentes, parfois de manière maladroite. Mais d'un amour immense.

— Tu es toujours célibataire ?

Paul, le nouveau professeur de français, lui a proposé d'aller au cinéma mercredi après-midi. Après la séance ils ont marché longtemps malgré le vent et, pendant un court instant, elle a trouvé ça charmant. Ses parents se sont dit oui il y a plus de cinquante ans, sans jamais une ombre au tableau. Elle veut la même histoire, sinon rien.

— Je fais parfois de jolies rencontres mais ça s'arrête là.

— Oui, de jolies rencontres…

— Avec maman, c'était plus qu'une jolie rencontre.

Devant l'école le ballet des voitures a pris fin, la directrice est sortie la dernière et le concierge, monsieur Mathot, a refermé le portail. Plus un seul enfant sur le trottoir. Elle s'en voulait

171

parfois de ne pas avoir offert le bonheur d'être grand-mère à Nora qui se faisait une joie d'acheter des cadeaux de naissance pour les nombreux petits-enfants de ses amies.

Marcel casse nerveusement des sucres en deux sans en mettre aucun dans son café et, pour attirer l'attention, il tape avec sa cuillère sur la tasse.

— On dirait que tu vas commencer un discours.

— Ce n'est pas un discours, mais j'ai quelque chose à te dire.

Manou est surprise par ce ton solennel et sûr de lui. Elle ne l'a pas entendu parler comme ça depuis un an. Arrêt sur image entre le père et la fille. Aux tables voisines, on discute du menu du soir et on coche des grilles de loto en espérant changer de vie et repartir à zéro.

Il la regarde dans les yeux.

— Je n'étais pas seul à Collioure. J'ai rencontré quelqu'un sur la terrasse à Bagnères-de-Bigorre. Un concours de circonstances, c'est ce qu'elle dit.

Manou fouille nerveusement dans son sac, attrape un paquet de cigarettes chiffonné et sort en griller une sur le trottoir. Puis une deuxième. Est-ce le froid qui la fait trembler ?

Une vitre sépare le père et la fille. La confession s'est arrêtée là. Ce n'était ni le moment ni l'endroit de lui avouer tout ça. Il remet les morceaux de sucre éparpillés dans le sucrier.

Manou écrase sa cigarette d'un coup de talon et elle rentre dans le café en soufflant une dernière bouffée.

— Papa, ne me dis pas que tu es tombé amoureux d'une aide-soignante.

— Ce n'est pas ce que tu crois, c'est une dame de mon âge. Elle s'appelle Marguerite.

Sur le grand écran au mur, la course va commencer. C'est un quinté au féminin. Cet après-midi sur la piste de l'hippodrome de Vincennes, il n'y aura que des juments au départ. Ces demoiselles s'affronteront sur deux mille cinq cents mètres, la distance de prédilection de Belle de Mai.

C'est lui qui règle la note et ils s'en vont dans les rues de Maisons-Laffitte. Elle glisse son bras sous le sien. Alors les larmes gelées depuis onze mois coulent doucement sur les joues ridées de Marcel.

Eh bien dansons maintenant !

En arrivant au pied de l'immeuble, ils aperçoivent sur le trottoir en face un pékinois avec un gros nœud sur la tête, copie conforme de celui de sa maîtresse, et ils éclatent de rire, comme quand elle était petite et qu'ils regardaient la vie passer du haut du balcon.

21

— Ma petite Hélène… un vrai miracle ! Je n'aurais jamais pensé que ça m'arriverait. Il s'appelle Marcel, je l'ai rencontré à Bagnères-de-Bigorre.

Elle enlève quelques fleurs fanées sur la tombe. Elle reviendra déposer un bouquet de marguerites allée S, emplacement 17.

— Si tu savais, il m'a enlacée avec ses grands bras et il m'a embrassée… C'était étourdissant… Un homme du Sud. Il écoute une musique venue d'ailleurs et il tutoie les étoiles. Je me demande comment va évoluer cette histoire. Que pensera-t-il de mon corps de vieille dame isolée depuis si longtemps en hiver ? Tu crois qu'après des années de chasteté on redevient vierge ? Je ne sais pas où je vais, ma chérie, mais je dois t'avouer quelque chose : je suis bien.

Pas de visite à Henri et à son père aujourd'hui. Elle croise le gardien dans une allée voisine. Il balaye autour des tombes, attentif à ne laisser aucune feuille traîner.

— Allée L, emplacement 32, pensez à renouveler la concession de vos parents, elle arrive à expiration en décembre, après vous serez tranquille pour trente ans.

Il n'a pas levé les yeux vers elle. Dans trente ans elle sera sous terre. La vie, c'est tout de suite ! Elle décide de pousser la porte du salon de coiffure sans rendez-vous.

— Vous avez de la chance, madame Delorme, il y a justement une place qui vient de se libérer. Comme d'habitude, shampoing, mise en plis ?

Elle aperçoit son reflet dans le miroir. Qui est cette femme avec ce chignon sévère ?

— Non Hubert, aujourd'hui on change le menu : on coupe... court.

— Enfin madame, votre chignon, c'est vous.

— Justement, mon chignon, je n'en veux plus.

— Vous êtes certaine ?

Elle ne se soucie plus des bavardages et des convenances, quelque chose d'autre a pris le dessus. Toutes les bulles de malice, réprimées par Henri depuis des années, remontent enfin à la surface, libérées.

Elle regarde les mèches tomber sur ses genoux, des grises et des blanches. Elle relève la tête et découvre un carré bien aligné.

— Allez-y Hubert, encore. Comme Line Renaud !

Cheveux courts, ébouriffés comme des plumes au vent, elle se sent plus légère. Elle a abandonné l'ancienne Marguerite dans le salon de coiffure et elle est entrée en résistance contre le peu de temps qui lui reste. À la télévision la semaine dernière, elle a vu Line Renaud dans un tailleur pantalon très coloré. Elle veut le même. Elle le trouvera chez *Lili* dans la rue principale. En sortant du magasin, elle s'exclame :

— Maria ! Comme je suis contente de vous voir.

— C'est vous madame ? Je ne vous avais pas reconnue.

— Je suis sincèrement désolée. C'est mon fils, je ne sais pas ce qui lui est passé par la tête.

— Ça m'a fait énormément de peine.

— J'aimerais que vous reveniez à la maison.

— J'ai eu beaucoup de plaisir à travailler chez vous mais j'ai bien réfléchi, il est temps d'arrêter. Ça fait trente-cinq ans que je fais ce métier, mes jambes n'en peuvent plus. Je vais partir chez ma fille au Portugal et enfin profiter du soleil et de mes petits-enfants.

— Vous allez me manquer mais vous avez raison, Maria, il faut savoir tourner le dos à sa vie d'avant. Et si nous allions déjeuner ? Je voudrais vous remercier pour tout ce que vous avez fait pour moi.

— Mais non madame, ce n'est pas nécessaire.

— Mais si, ça me fait plaisir. Je vous invite à *La Grande Table*, mercredi prochain. Vous me parlerez de votre pays et moi, je vous confierai un secret.

22

Ils se sont rencontrés à huit cents kilomètres de Maisons-Laffitte. Il aurait pu la croiser à l'angle de la rue Jean-Mermoz et de la rue de Lorraine ou sur la place du marché. À l'époque il ne l'aurait même pas remarquée. Il ne voyait que sa femme.

Aujourd'hui pour la première fois il pousse à nouveau la porte du *Cosy*. Tous les lundis, comme un rituel, il la retrouvait à la fin de son service à la supérette pour boire un verre ici. Ils se racontaient leur journée et puis ils allaient au cinéma. La serveuse sait que Nora n'est pas simplement absente mais ils n'aborderont pas le sujet. On ne parle pas des disparus comme du temps qu'il fait.

Un vieux monsieur est attablé seul dans un coin. La veste de travers, mal coiffé, le regard hagard, il ne tourne pas les pages du journal posé devant lui. Hier encore, Marcel se serait reconnu dans cet homme voûté par le poids de la tristesse. L'impossible choix entre mourir et vieillir. Les solitudes se croisent mais ne s'apaisent pas. Passer de l'enfance à l'âge adulte, c'est perdre une à une ses illusions. De l'âge adulte à la vieillesse, ce sont d'autres renoncements. Parfois la tête se dégrade plus vite que le corps. Parfois, c'est le contraire.

Il y a quelques mois, il avait dû abandonner les parties de dominos avec son ami Georges qui ne distingue plus le nombre de points sur les pièces depuis son opération de la cataracte. Désormais Marcel laisse une partie des courses au rez-de-chaussée de son immeuble et plusieurs allers-retours sont nécessaires pour les monter au deuxième étage. Se mettre en route le matin, dérouiller les articulations, se lever, se laver, s'habiller, se préparer à manger, tout prend plus de temps. Il faut accepter d'être diminué, avoir le courage d'un autre rythme. Et maintenant cet énorme cadeau que la vie lui offre. Pourquoi lui et pas l'autre ? Est-ce qu'une nouvelle histoire, c'est trahir l'histoire précédente ? Est-ce que la responsable des reptiles qui lui avait chuchoté son numéro de téléphone il y a vingt-cinq ans l'avait troublé un instant ? Non. Il n'a jamais désiré un autre corps que celui de Nora. Il n'a connu que cet amour de jeunesse. Il a eu de la chance de la rencontrer. La baraka, comme on dit chez lui. Aujourd'hui c'est fini. Sa vie d'avant a disparu. Pourtant c'est plus fort que tout, ce besoin de donner, d'enfouir son nez dans le cou d'une femme, de la caresser, malgré son corps ridé et fatigué qui lui indique un autre chemin. Apprivoiser l'autre, c'est une montagne mais l'idée de rester seul lui semble insurmontable. Le temps coule trop vite tout à coup. Combien reste-t-il de grains dans le sablier ?

Il repense à la terrasse de Bagnères-de-Bigorre. Il s'était senti à l'aise mais pas au point de lui avouer qu'il n'aimait pas son chignon. Il se souvient de son audace au petit déjeuner et de sa maladresse une fois qu'elle avait accepté son invitation. Il aurait voulu trouver les mots pour la faire rire dès le départ de l'excursion mais il était resté debout, les bras ballants, devant sa Peugeot. Un jeune homme à son premier rendez-vous. Par la suite, Maupassant lui avait sauvé la mise. Un jour ses parents l'avaient emmené sur la côte normande. Il était resté fasciné devant ce grand rocher qui ressemblait à un éléphant plongeant sa trompe dans la mer. Il avait collé une carte postale dans son cahier de vacances et, au retour, son instituteur lui avait lu le passage d'*Une vie* décrivant la petite porte d'Étretat. Certaines rencontres vous accompagnent pour le restant de vos jours.

Comme ils étaient bien à Collioure ! Tout était simple. Quelque chose en Marguerite lui plaisait infiniment, de la bonté et de l'innocence émanaient de cette femme.

Elle s'était confiée, il s'était livré, la parole était libérée. C'est peut-être pour ça qu'ils s'étaient embrassés. Peu importe. Il n'avait pas besoin de comprendre l'origine du trouble.

Leur premier baiser. Le deuxième premier baiser de sa longue vie. On pourrait donc aimer deux fois ? S'il l'avait vue assise sur un banc dans le parc, est-ce qu'il lui aurait demandé si la place était libre à côté d'elle ?

Il pense au long trajet de retour en voiture. Elle s'était assoupie et ronflait tout doucement. C'était peut-être ça le bonheur ?

Devant lui, son café refroidit. Sur l'emballage du chocolat qui l'accompagne, une image de Venise.

Et s'il l'emmenait là-bas ? Un petit hôtel dans une ruelle en dehors de l'agitation de la place Saint-Marc. Il va conserver précieusement l'emballage, le mettre dans une enveloppe sur laquelle il écrira « Si on partait tous les deux ? ».

Le vieux monsieur est toujours attablé devant son journal. Marcel a envie de lui souhaiter une bonne journée. Il se contente d'un léger hochement de tête. On se contente trop souvent du minimum.

Il regagne la rue principale et s'imagine avec Marguerite dans la cité des Doges. Il a envie de neuf. N'importe quoi. Tout de suite. Il entre dans un magasin, choisit des mocassins en cuir marron et décide de les garder aux pieds. Les semelles sont confortables, il marche plus légèrement. Il ne s'était jamais acheté des chaussures à un tel prix, il s'est même laissé tenter par la crème nourrissante que la vendeuse lui proposait.

À fleur de peau dans son corps et dans son âme, une image anodine, presque surfaite, l'émeut aux larmes. C'est une publicité pour une marque de parfum où un père et un fils se regardent sur un voilier.

Midi sonne au clocher. Et s'il se frichtouillait quelque chose de bon ? Deux ailes de poulet avec des pommes de terre grenailles, rissolées dans un beurre aux échalotes. Mais d'abord il laissera un message sur le répondeur de Manou : « Je peux passer chez toi demain ? Je voudrais t'emprunter ton *Routard* sur Venise. »

23

Sur le paillasson, un délicieux bouquet de marguerites jaunes avec une carte : *Hector nous attend à quatorze heures, je passe vous prendre.*

Cette fois elle n'hésite pas avant de l'appeler.

— Vous saviez que les marguerites étaient mes fleurs préférées ? Ça me fait très plaisir.

— Le plaisir est partagé.

— Qui est Hector ?

— Un vieux sage.

La conversation est brève, elle aurait peut-être dû l'entretenir, lui demander s'il était bien rentré chez lui, s'il avait bien dormi et s'il était reposé après cette longue route. Mais elle doit être prête à quatorze heures et elle veut que la surprise soit totale quand il viendra la chercher pour leur premier rendez-vous officiel. Son nouveau tailleur pantalon, un pull turquoise aux mailles soyeuses et un coup de peigne dans ses cheveux courts. Quand elle lui ouvre la porte, il cligne des yeux et la voix un peu tremblante :

— Vous êtes ravissante !

— C'est vrai ?

— Vous avez rajeuni de vingt ans.

— Mon coiffeur est un génie. Où m'emmenez-vous ?

— Suivez le guide.

En arrivant dans le parking du zoo de Vincennes, Marguerite réprime une grimace. Elle n'a jamais aimé les animaux enfermés, leurs regards implorants. Elle ne vient ici qu'une fois par an pour l'anniversaire de Ludovic.

Devant les toucans, Marcel lui explique que ses collègues et lui avaient l'habitude de se répartir l'espace comme les rayons d'une grande surface. Sa spécialité c'était les gros mammifères. Un rhinocéros est couché dans la boue.

— Voilà, c'est lui le vieux sage. Asseyez-vous là. Vous allez voir avec quelle lenteur étonnante il se déplace. Je ne dirais pas avec élégance mais avec une surprenante agilité, malgré ses trois tonnes et demie.

— C'est exact ce qu'on raconte, cette poudre aux vertus aphrodisiaques qu'on trouve dans leur corne ?

— Malheureusement oui. Les hommes sont assez fous pour exterminer ces chefs-d'œuvre de la nature. Celui-ci est en cage mais au moins il aura été épargné.

— Donc tous les matins pendant quarante ans, vous vous êtes levé pour venir ici nourrir ce pachyderme.

— C'était une joie de le retrouver chaque jour, et de nouer au fil du temps une relation privilégiée avec lui. Et puis le regard émerveillé des enfants et leurs cris de peur devant cette mâchoire démesurée, je ne m'en suis jamais lassé.

— Mon père nous emmenait au cirque Bouglione. Dans la ménagerie, il y avait un tigre. Un jour on s'est regardés pendant plus de cinq minutes, les yeux dans les yeux, moi derrière une barrière, lui derrière ses barreaux. J'étais une petite fille et pourtant j'ai eu le sentiment qu'il

187

me suppliait de l'aider. Depuis, les animaux privés de liberté me transpercent de tristesse.

— Je suis désolé.

— Ne vous en faites pas. J'ai été ravie de faire la connaissance d'Hector.

— Lui de même. Si on allait prendre un rafraîchissement à la cafétéria ?

— Vous devez la connaître par cœur, non ? Et si vous veniez plutôt chez moi ?

Elle s'affaire dans la cuisine et revient avec un plateau sur lequel sont disposées quelques madeleines dans une coupe en cristal, deux tasses en porcelaine et une théière en argent. Marcel, debout au milieu du salon, hésite, comme s'il se demandait où s'asseoir.

— Darjeeling ! annonce-t-elle, en lui désignant d'un geste gracieux le canapé.

Au même moment, elle se dit que Frédéric a une clé et pourrait arriver à l'improviste, mais s'oblige à savourer l'instant présent.

— Mon jardin m'a souvent rendue très heureuse, dit-elle en lui versant une tasse de thé. Simplement cette année les rosiers ne fleurissent pas comme d'habitude.

— Vous ne devriez pas les planter trop au nord, ça ne les aide pas à s'épanouir.

— Je dois absolument trouver quelqu'un pour m'aider, je ne m'en sors pas toute seule. Et mon mari ne faisait pas la différence entre une azalée et un géranium.

Un faux mouvement, les madeleines tombent sur le tapis d'Orient. Marcel s'excuse en les ramassant et reste un instant en suspens. Il hésite à les remettre dans la coupe. Marguerite lui sourit.

— Ne vous en faites pas, on a toujours fait trop de chichis ici.

— Ce n'est pas Chambord, mais presque !

Elle ouvre grand la porte-fenêtre qui donne sur la terrasse et invite Marcel à s'asseoir près d'elle.

— Décidément les bancs nous vont bien… En tout cas moi je me sens bien à côté de vous dans mon jardin… comme devant les montagnes enneigées.

Il appuie légèrement le pouce sur son sourcil qu'il lisse très lentement, deux fois, d'abord le gauche puis le droit. Elle est émue par ce geste qui éveille en elle une sensation inconnue.

— Pourquoi faites-vous cela ?

189

— Vous me troublez. Il y a encore deux mois je traversais la ville les yeux rivés sur le trottoir, aujourd'hui je me sens revivre. C'est grâce à vous.

Henri ne lui a jamais fait une si jolie déclaration. Dans le meilleur des cas, il disait : « Vous avez bonne mine ce matin, Maguy. »

Marcel entoure les épaules de Marguerite et la serre contre lui, face aux rosiers trop au nord.

— Rentrons, vous avez froid et la vaisselle nous attend.

— Deux tasses et une théière. Vous lavez, j'essuie et je range dans les armoires ?

— À partir du moment où on fait équipe, on pourrait peut-être se tutoyer ?

Elle remet le citron au frais.

— Cela devient un peu ridicule ce grand frigo pour moi toute seule.

— C'est pareil chez moi, un frigo à moitié vide.

— Vous connaissez Line Renaud ?

Elle fredonne :

> *Toi ma p'tite folie*
> *Mon p'tit grain de fantaisie...*

Il se lève, la prend dans ses bras et entre l'évier et la table où elle mange en solo depuis sept mois, ils dansent sur ces paroles désuètes qu'Henri lui a toujours interdit de chanter.

> *Toi qui boul'verses*
> *Toi qui renverses*
> *Tout ce qui était ma vie...**

— Ce n'est pas de la musique chaâbi, dit-elle.
— Ça raconte la joie aussi.

Il n'y a pas si longtemps, elle attendait le mardi et le jeudi pour parler à Maria et maintenant elle danse avec un homme en plein après-midi dans sa cuisine. Il lui a encore donné quelques conseils sur les rosiers puis il est rentré chez lui. Elle respire mieux, Frédéric n'est pas arrivé à l'improviste.

Il est déjà vingt-deux heures quand le téléphone sonne.

— C'est moi. J'ai pensé à ton jardin, c'est le moment de planter des jonquilles. Je connais

---

* *Ma p'tite folie*. Interprète : Line Renaud. Auteur-compositeur : Bob Merrill. Adaptation française : Jacques Plante.

une pépinière formidable. Et là, les fleurs ne sont pas en cage, on pourrait y aller demain.

Elle se demande comment formuler une phrase sans utiliser le tu. Tutoyer cet homme lui semble étrangement intime même s'ils se sont déjà embrassés.

— Demain, je ne peux pas, j'ai mon petit-fils tout l'après-midi.

— C'est pourtant une charmante façon de le rencontrer, devant des jonquilles.

— Vous êtes sûr que ce n'est pas une bêtise de plus ?

— Tu as quel âge ?

Elle rit.

— L'âge de faire des folies.

— Je viens vous chercher tous les deux à quinze heures.

— Nous serons fin prêts. Vous me reconnaîtrez facilement, je tiendrai mon petit-fils par la main.

Elle prend son agenda dans le tiroir du secrétaire et à la page du lendemain, elle écrit en lettres majuscules : *15 h : MARCEL !*

Eh bien dansons maintenant !

Une jolie route de campagne mène à *La Graine d'ortie*. Ludovic parle de son cours de tennis et Marcel raconte la coupe dorée gagnée à un tournoi de basket à quinze ans. Marguerite voudrait que cet instant dure toujours.

Dans la grande allée avant d'arriver à la pépinière, Marcel invite Ludovic à venir sur ses genoux et à prendre le volant. Ni son père ni son grand-père ne lui ont jamais proposé une pareille aventure. Les mains à dix heures dix, Ludovic, tel un capitaine de navire rentrant au port, est le seul maître à bord. Ça crie et ça rit jusqu'à l'entrée du parking où Marcel décide de reprendre les commandes. Ludovic se tourne vers sa grand-mère.

— Papa a dit que tu allais déménager, c'est vrai ?

24

— Papa, tu peux venir tout de suite ?

— Il y a un problème ?

— Je rentre de l'école, j'ai encore mon manteau sur le dos, il faut qu'on parle au plus vite.

Marcel s'est dépêché, il a monté l'escalier précipitamment, elle ne l'a pas embrassé, il s'est assis dans le fauteuil en velours, essoufflé.

— Ludovic… ça te dit quelque chose ?

— C'est le petit-fils de Marguerite. Pourquoi ?

— Il fait partie de mes élèves.

— C'est grave ?

— Rien n'est grave mais ce Ludovic a aussi un papa.

— Tu l'as vu ?

— Je l'ai vu et bien vu.

— Mais qu'est-ce qu'il voulait ?

— Il m'a demandé si je savais que mon père couchait avec sa mère.

Marcel s'enfonce dans le fauteuil.

— Il a débarqué dans ma classe. On aurait dit un vieux parapluie fermé aux baleines trop serrées avec son costume gris foncé, sa cravate bien nouée et ses chaussures sans un grain de poussière. J'ai l'habitude de recevoir des parents nerveux mais celui-ci mérite la première marche du podium. À force de se mordiller la lèvre, sa bouche s'effaçait. Et moi, j'avais encore vingt-cinq devoirs de géographie à corriger. Il a dit que tu étais sous ma responsabilité. T'as peut-être été un peu rapide pour la kidnapper, ta Marguerite.

— On vous a prévenus.

— Oui, vous avez peut-être prévenu mais c'est vrai qu'il y avait de quoi s'inquiéter.

— Je ne suis plus un enfant.

— Tu disparais à Collioure. Trois jours plus tard, tu embarques cette femme et son petit-fils dans ta voiture et pour couronner le tout, tu lui donnes le volant.

— Tu n'as pas un petit cognac ?

Il entend les portes des armoires de la cuisine s'ouvrir et se refermer, la bouilloire siffler. Il n'aura pas son cognac. Autour de lui des meubles de leur premier appartement, un bureau que Nora avait acheté dans une brocante, des cahiers sur la table, par terre, partout. Au mur une affiche de concert et à côté de la télé, des dvd. Une pile de films d'amour.

Manou revient avec le plateau en argent ciselé. La cérémonie du thé, comme Nora : feuilles de menthe à profusion, deux gouttes de fleur d'oranger, trop sucré. La même concentration en versant le liquide de très haut, la même satisfaction d'avoir visé juste, la même grimace en saisissant le verre encore brûlant.

— Comment as-tu réagi ?

— Je lui ai demandé si sa mère était mineure et ça ne lui a pas plu du tout. Il serait capable de se plaindre à l'inspecteur de l'académie. Tu sais ce qu'il m'a répondu ? « Je ne plaisante pas, mademoiselle, c'est une femme perdue sans son mari. Jusqu'au décès de mon père nous

197

n'avions jamais eu le moindre problème familial et voilà qu'elle s'enfuit d'une cure thermale avec un inconnu. Et cet inconnu, c'est votre père. Il a emmené ma mère sans mon consentement à Collioure. Elle qui doit suivre un régime sans sel et qui ne boit que de l'eau minérale, je l'ai retrouvée attablée à cinq heures de l'après-midi avec un pot d'anchois largement entamé et une bouteille de banyuls à moitié vide. C'était une femme méconnaissable, mademoiselle. » Marcel devrait se sentir coupable comme un petit garçon pris en faute mais il a envie de rire tellement la situation lui semble grotesque.

— Et toi, Manou ?

— Quoi, moi ?

— Qu'est-ce que tu penses de cette histoire, ma chérie ?

— J'avais déjà repéré ce grand type coincé à une réunion de parents. Je suis fatiguée de tous ces gens qui ont des rêves insensés pour leur progéniture. Comme si être notaire de père en fils était la voie unique. Moi si j'avais des enfants...

Le thé est bouillant mais délicieux, comme ils l'aiment tous les deux.

— Non, je parle de cette rencontre.

Elle souffle légèrement sur son verre.

— Finalement c'était plutôt réussi comme cadeau. Et dire que tu as failli t'enfuir parce que tu n'aimes pas le velouté d'asperges !

— Tu es de celles qui sont persuadées qu'on n'aime qu'une fois ?

— À votre âge, chaque minute vaut dix ans.

Elle boit une gorgée, le regarde dans les yeux.

— Je suis de celles qui pensent qu'il fera beau demain même si on annonce une météo exécrable. Et surtout je suis de celles qui pensent qu'elles ont un papa formidable. Maintenant je dois filer, faut que je retourne à l'école, j'ai oublié de nourrir Jojo.

— Jojo ?

— Le hamster. Il a besoin de moi.

— Moi aussi, j'ai besoin de toi.

— Et si tu venais déjeuner mercredi ?

25

L'ampoule à la main, en équilibre sur une chaise de la cuisine, son pied droit glisse et Marguerite revient à elle sur le carrelage, le cœur qui cogne devant l'ampoule en miettes. À force d'entendre qu'elle doit être prudente et qu'elle va finir par tomber, c'est arrivé. Elle tente de se relever. Une grimace, un coup de rein, elle est debout. Ses jambes fonctionnent encore, elle ne s'en sort pas si mal. Elle hésite entre le Doliprane et le docteur Dubois. Elle choisit le docteur Dubois.

— Merci d'être venu si vite.
— J'étais justement dans le quartier.

Il la rassure, quelques bleus et le poignet foulé mais il n'est pas question de plâtre, seulement d'un bandage. Il prend sa tension et la regarde affectueusement. Avec ses cheveux courts, elle a presque l'air d'une jeune fille.

— Vous vivez dangereusement.

— Si vous saviez, docteur.

— Vous avez subi un choc, reposez-vous aujourd'hui.

— J'ai le cœur qui bat un peu vite.

— Je vais vous donner un calmant.

Il range son stéthoscope dans sa trousse en cuir et au moment de la refermer :

— Je prendrais bien un verre d'eau mais restez assise, je vais le chercher.

Il revient, le verre à la main.

— Vous allez bien, vraiment ?

— Oui.

— Ça ne doit pas être évident toute seule dans cette grande maison.

— Surtout depuis le départ de Maria.

— Heureusement, vous avez votre petit-fils.

— Heureusement, j'ai rencontré quelqu'un.

Le docteur Dubois remet le col de sa chemise en place.

— C'est une bonne nouvelle. Ça vaut tous les fortifiants du monde.

Il lui sourit.

— Mais attention aux chaises bancales.

Elle a envie d'entendre la voix de Marcel. Elle s'installe confortablement dans le canapé, le bras posé sur un coussin et lui raconte la visite du docteur Dubois.

— À l'avenir, sache que je sais planter des jonquilles et même changer les ampoules.

— Vous faites la blanquette aussi ?

— C'est une de mes spécialités.

— Je n'arrive pas à vous tutoyer.

— Ça viendra au moment où tu t'y attends le moins, Marguerite.

Depuis quand n'a-t-elle pas ri avec un homme au téléphone ? À vrai dire ce n'est jamais arrivé.

— Je dois vous laisser, j'entends des pas. C'est mon fils, il vient chercher des papiers pour l'expertise d'un tableau.

Depuis la mort d'Henri, Frédéric a la clé. Elle n'a jamais aimé ça mais il a insisté. En entrant, il ne voit que le bandage blanc entourant le poignet de sa mère.

— Rien de grave, j'ai simplement essayé de changer une ampoule.

— Je t'ai déjà interdit de monter sur une chaise. Depuis que tu es partie là-bas avec cet inconnu, tu fais n'importe quoi. Ce n'est plus de ton âge les cabrioles.

Elle se dit que son fils pourrait tenter le grand écart de temps en temps, ça fait du bien à l'âme. Elle ne doit pas s'amuser tous les jours, Carole. Un petit rire nerveux lui échappe.

— Maman, cela fait combien de temps que tu n'as plus été au cimetière ?

— Je ne vois pas le rapport.

— M. Buisseret, l'employé de papa, m'a dit que la tombe n'était pas entretenue. Il était très étonné qu'il n'y ait plus une seule fleur sur le granit.

Elle se blottit dans les coussins. On dirait une petite fille punie. Son fils se mordille la lèvre inférieure. Il repassera un peu plus tard quand il sera calmé, c'est ce qu'il lui dit.

À deux heures de l'après-midi il est devant la porte, la main posée sur la poignée. Il sait qu'il va faire quelque chose de difficile, il rebrousse chemin, il a besoin de marcher. Il hésite puis il chasse tous les doutes qui pourraient venir grignoter sa décision. Il entre et, d'une voix très calme, il lui annonce qu'il a trouvé un lit dans une maison médicalisée. Il ajoute que c'est difficile de trouver un endroit où les check-up s'organisent du jour au lendemain. D'abord Marguerite ne comprend pas puis elle se dit que si elle avait un chat, il lui servirait d'excuse pour rester chez elle. Mais on dirait que les choses sont plus graves.

— Tu as besoin de te reposer. Ce n'est pas la cure de Bagnères-de-Bigorre mais c'est un établissement de qualité, conseillé par un ami de Carole. Des médecins compétents y travaillent, ils diagnostiquent aussi tout ce qui va bien.

Et qui va arroser les fleurs si elle n'est pas là ?

— Tu verras. Un endroit agréable entouré d'arbres, un personnel attentif, des soins réconfortants. On passe la porte et on se sent déjà mieux.

Elle serre un coussin contre elle de plus en plus fort.

— Tu ne dis rien ? C'est pour ton bien, maman. Tu ne peux pas rester toute seule. Cette chute est un signe avant-coureur et je te trouve très agitée ces derniers temps. On verra après les résultats ce qui est le mieux pour toi.

Elle pense aux avant-bras de Marcel sur le volant de la Peugeot.

— Tu n'as jamais rien fait sans papa, c'est ce qu'il aurait souhaité. Il disait toujours : « Mieux vaut prévenir que guérir. »

La lumière sur les collines de Collioure.

— Ludovic pourra venir te voir mercredi.

Ses yeux sombres sur elle pendant tout le dîner.

— Tu reviendras ici quand tu seras tout à fait rétablie. Je t'emmène, prépare un sac avec quelques affaires, je t'apporterai le reste plus tard.

L'esprit embrumé par le calmant du docteur Dubois, Marguerite suit son fils jusqu'à la voiture. Il prend une jolie route avec des champs de limon tout autour. L'entrée de la résidence Beaulieu ressemble à celle d'un hôtel de charme mais dès qu'elle passe le seuil elle repère des chaises roulantes dans les couloirs, les yeux hagards de résidents qui s'accrochent aux infirmières, les corps fatigués. Une odeur forte lui envahit les narines. On dirait qu'on javellise plusieurs fois par jour pour combattre l'effluve de la vieillesse. Elle voudrait rentrer chez elle, s'asseoir sur le banc de son jardin et regarder les jonquilles s'ouvrir.

Elle marche derrière lui, silencieuse. Sa chambre donne sur un grand parc et elle entend sa voix comme dans un brouillard qui lui rappelle l'ambiance ouatée le jour de l'enterrement d'Henri.

— Regarde, des peupliers comme tu les aimes.

— Frédéric, où suis-je ?

— Dans une maison de soins. Ce sont des professionnels de la santé.

— Tu me mens. Il n'y a que des vieux ici.

— Maman, ne fais pas l'enfant s'il te plaît. On va s'occuper de toi.

Il l'embrasse sur le front et il s'en va. En sortant il passe à l'accueil et il bredouille :

— Comme convenu ma mère est là pour trois jours, on verra si c'est nécessaire de prolonger son séjour après les examens.

Dans sa voiture sur le parking, il reste immobile, les mains agrippées au volant. Les peupliers vont-ils suffire à la rassurer ? Il aurait voulu la serrer dans ses bras mais il n'y est pas arrivé.

Il se rappelle le retour du pensionnat les vendredis soir d'hiver. Elle lui préparait du pain perdu, virevoltant dans la cuisine dans sa robe à pois bleus et blancs et aujourd'hui elle tombe d'une chaise parce qu'elle n'est plus capable de changer une ampoule.

Bien sûr, il a imaginé la prendre chez lui dans la chambre d'amis, mais à l'idée, à cinquante ans, de voir sa mère tous les soirs au dîner, il a fini par y renoncer. Il a aussi envisagé une aide à domicile mais il y a eu trop d'extravagances ces derniers temps pour la laisser seule à la maison, même sous haute surveillance.

Il sait que son père aurait approuvé son choix. Il compose le numéro d'un client, il veut organiser le rendez-vous du lendemain, parler de cet acte de propriété et oublier la moindre parcelle de sentiments.

Assise au bord du lit, Marguerite est seule, loin de tous ses repères, comme au début de son mariage. Elle était passée de la maison endeuillée de ses parents à l'austérité de celle de son mari. Du mausolée au musée. Il lui avait fallu des mois pour trouver ses marques. Où et quand avait-elle échoué ? Henri avait eu cette idée de pensionnat et elle avait laissé faire, comme toujours. Le week-end il parlait sonates de Chopin avec son fils. Elle, dans l'ombre, insignifiante.

Il l'a déposée ici comme on se débarrasse d'un chat au bord de l'autoroute avant de partir en vacances. Des murs blancs. Hormis une table, une chaise et un lit, la chambre est vide. Elle est coupable d'avoir soixante-dix-huit ans. Condamnée à perpétuité. Un orage gronde et un éclair zèbre de bleu le mur blafard. Un élancement lui traverse le poignet, l'effet du calmant s'est estompé. Elle a envie de voir Ludovic, de le serrer dans ses bras.

Une infirmière entre, un plateau-repas dans les mains.

— Vous n'êtes pas encore en chemise de nuit ? Mangez, madame, et je repasserai vous mettre au lit. Il faut vous reposer, les examens commenceront demain.

Il est six heures du soir. Elle découvre les barquettes en carton et sous le plastique, la tranche de jambon, l'endive mal braisée, le yaourt sans fruit : le menu de sa nouvelle vie. Frédéric a clôturé le dossier. Tamponné d'un coup sec. Classé.

Elle voit les peupliers, le ciel déchaîné qui explose, son poignet bandé, son sac. Dans ce départ précipité, elle n'a pas emporté l'emballage des anchois où Marcel avait noté son numéro.

26

Au retour de Nice, c'est ici qu'il était venu. Ce soir, après deux jours sans nouvelles, c'est encore ici qu'il espère retrouver la sérénité. Sur le banc face à Hector, devant cette masse de chair imperturbable. Le pachyderme marche d'un pas pesant puis s'arrête dans la terre boueuse. Les yeux minuscules, au milieu de la grande tête, fouillent le regard de Marcel.

— Tu n'as pas vu Marguerite ?

L'immobilité de l'animal l'a toujours fasciné. Et si elle ne voulait plus de lui ? Si elle avait fait d'autres choix ? Il se lève et s'accoude à la palissade entourant l'enclos.

— Je reviendrai.

Le soir tombe, il récupère sa voiture, retourne à Maisons-Laffitte, roule au hasard dans la ville, change de direction, se gare dans la rue aux demeures élégantes. Il sonne plusieurs fois au numéro 25. Pas de réponse. Il fait le tour de la maison, regarde par la fenêtre. Malgré un croissant de lune, il ne distingue que des ombres dans le grand salon. Dans le jardin, le banc sur lequel ils s'étaient dévoilés. Il s'assied et, la gorge serrée, il envisage le pire.

Et si elle avait fait une chute dans l'escalier ?

Et si son cœur n'avait pas supporté tous ces soubresauts ?

Il entend une voix dans la pénombre.

— Je peux vous aider ?

— Je suis un ami de Marguerite… Maguy… Madame Delorme.

— Elle n'est pas là, je l'ai vue partir hier avec son fils, elle avait un sac de voyage.

— Un sac comme si elle partait longtemps ?

— Mais je ne sais pas, monsieur ! Je suis désolée de vous dire qu'on n'aime pas beaucoup que des inconnus rôdent dans les jardins.

— Je ne suis pas un inconnu, je viens de l'emmener en escapade au bord de la mer.

— Vous devez confondre, madame Delorme est veuve.

— Rassurez-vous, on a pris deux chambres.

— Monsieur, ça ne me regarde pas. Si vous ne décampez pas immédiatement, j'appelle mon mari. Et faites attention aux bégonias, c'est moi qui les ai plantés et Maguy y tient beaucoup.

— Merci de votre amabilité.

Le parapluie noir aux baleines trop serrées l'a peut-être emmenée, il lui aura confisqué son téléphone.

Il remonte dans sa voiture. Elle roule toute seule vers le cimetière. Toujours cette envie de parler à Nora quand ça tourne dans sa tête. Il s'arrête devant la grille puis il renonce. Une pierre glacée, un nom, deux dates. Elle n'est pas là.

Il rebrousse chemin, il marmonne : pourquoi est-elle partie ? Qu'est-ce qu'elle m'a dit exactement la dernière fois que nous nous sommes parlé ? Elle n'aime pas les animaux en cage et je l'ai emmenée au zoo. Il passe devant la chapelle

213

à l'entrée de la voie sans issue. J'ai peut-être été trop vite. Pourquoi j'ai voulu la tutoyer alors qu'elle n'était pas prête ? La déchetterie à main gauche. Manou me parle tout le temps de trier. Le feu rouge. Trop tard ! Il lui a dit qu'il pensait à elle chaque fois qu'il buvait un verre d'eau. Quel con ! Est-ce qu'on propose à une femme qu'on connaît depuis trois jours de l'emmener à Collioure ? Il lui a dit qu'elle plantait ses rosiers trop au nord au lieu de lui proposer de l'aider. Il allume les feux de brouillard. Il a fait tomber les madeleines. De moins en moins de maisons, de moins en moins de réverbères. Elle a dû le trouver mal fagoté dans son décor tout en moulures. Juste des vaches qui meuglent dans la nuit. Il se souvient, elle a prétexté que son fils arrivait pour couper court à la conversation. Il baisse la vitre, le vent lui fouette le visage. Elle s'est laissé griser par l'altitude mais une fois revenue chez elle, elle s'est ressaisie. Très vite. Trop vite. Un petit animal passe dans la lumière des phares, un coup de volant, la voiture fait une embardée. Un cri perçant, un bruit spongieux. Il a écrasé le hérisson. Une boule aplatie et pleine de sang gît au

214

milieu de la route. Le meilleur des vétérinaires ne pourrait pas accomplir de miracle. Il prend une branche pour le pousser doucement sur le bas-côté et le laisse là au milieu des orties. Je vais finir par faire une connerie si je continue, il prend la première route en terre à droite et coupe le moteur. Il n'a pas envie de regarder son pneu taché de rouge. Il ouvre le coffre, attrape une vieille couverture et il marche. Un chemin sinueux, une prairie, un petit bois, il continue d'avancer, le souffle court, malgré la fatigue et ses chevilles douloureuses. Il connaît chaque brin d'herbe, la haie d'aubépines, les hautes fougères, le mur de pierres sèches. Il n'a qu'un seul but à ce moment précis, c'est aller là-bas, dans la grande clairière. Il étale sa couverture sur l'herbe humide et se couche, les bras en croix. La voûte céleste, *cette abondance de poésie jetée du ciel sur la terre*, le calme. Ce sont ses étoiles. Quand il est en accord avec elles, il est en accord avec lui-même.

— Marguerite, où es-tu ? Je ferai l'impossible pour te revoir.

27

Résidence Beaulieu

Cher Marcel,

Je vous écris d'une petite table en bois blanc qui donne sur un parc. Je vous dois la vérité. Mon fils m'a emmenée dans cet établissement pour passer des examens. Au fil de ces quelques jours je me suis rendu compte que c'était aussi une maison de retraite, un endroit bénéfique à ma santé et peut-être à ma vie. Je n'ai jamais voulu l'envisager mais maintenant que j'y suis, je me dis que ce serait peut-être une solution de m'installer ici, une chambre plus confortable va bientôt se libérer.

Je sais encore faire preuve de réalisme : je suis fatiguée. J'ai cru rajeunir mais j'ai soixante-dix-huit ans ! Et je ne suis pas Jane Fonda. Frédéric m'agace mais il souhaite toujours le meilleur pour moi, et je ne veux pas être un souci pour lui.

Financièrement ce n'est pas un problème, c'est le dernier privilège d'une femme de notaire. Sur le plan matériel j'ai été gâtée, j'ai eu la chance de vivre dans une belle maison, je reste sur le chemin que j'ai toujours connu. Je rapporterai l'horloge en bronze et quelques-uns de mes tableaux préférés pour ne pas tout recommencer à zéro.

Peut-être qu'un jour ce sera la solution pour vous aussi.

Il faut choisir à temps l'endroit où l'on se pose pour vivre ses dernières années. Après on n'a plus la force, les grands changements nous fatiguent. Aujourd'hui je me dis que je n'ai pas le droit de me tromper.

Le docteur Dubois se fait vieux, bientôt il prendra sa retraite. Changer de médecin à mon âge, je trouve ça angoissant.

Eh bien dansons maintenant !

L'autre nuit dans un moment d'insomnie, j'ai calculé le nombre de fois que j'ai monté et descendu l'escalier de vingt-trois marches cette dernière année. Quatre fois par jour pendant trois cent soixante-cinq jours. L'idée d'abandonner cette ascension me soulage. Cette maison est trop grande, Maria n'est plus là et quand tombe le soir, devant la grande baie vitrée, la peur me saisit.

Le voyage à Collioure était une magnifique parenthèse qui m'a profondément marquée. Je ne regrette rien, je suis heureuse de l'avoir vécue, soyez-en certain.

Je me souviens de ce petit banc d'où nous avons observé une partie de pétanque et de ce touriste hollandais en short orange vif qui se prenait pour le champion de la région. J'ai lu que le souvenir du bonheur c'est encore du bonheur.

Je me dis parfois que je n'aurais pas dû vous embrasser, ni même me laisser embrasser. Un moment d'abandon est excusable, c'est peut-être la tramontane qui m'a tourné la tête.

J'ai frôlé l'idée de devenir quelqu'un d'autre mais j'en suis persuadée aujourd'hui, ce n'est plus

Eh bien dansons maintenant !

le moment de jouer les jeunes filles, chacun son tour et le mien est passé depuis longtemps. Quoi qu'il en soit, ce fut un gracieux pas de côté.

Combien de temps me reste-t-il à vivre ? Trois ans ? Cinq ans ? Je vais les passer ici, au calme. Je suis plus vieille que vous. Et si dans un an je vais moins bien ? Je suis tombée de cette chaise, c'est un signe. Et si je n'avais pas réussi à me relever ? Je serais restée par terre pendant des jours avant qu'on me trouve. Il faut parfois accepter les changements radicaux. C'est un choix que je fais en pleine conscience. J'ai besoin de sécurité et je sais que je ne crains rien entre ces murs qui ne sont pas les miens mais auxquels je finirai bien par m'habituer.

Un dimanche, si le cœur vous en dit, vous pourrez me rendre visite et nous ferons le tour du parc, je vous montrerai les peupliers.

Bien à vous,
Marguerite Delorme

28

Bonjour,
Je viens de lire ta lettre et j'ai l'impression qu'Hec-
tor est assis sur ma poitrine. Je t'ai cherchée par-
tout, j'ai imaginé le pire et j'ai fait une promesse
à mes étoiles : te retrouver. Et aujourd'hui tu
m'annonces que tu es en prison et que tu veux
y rester. Je vais quand même te répondre. Ça
fait cent cinquante ans que je n'ai pas écrit un
vrai courrier, le dernier aux impôts qui s'étaient
trompés. Toi aussi tu te trompes. Ce n'est pas
parce qu'on ne sait pas changer une ampoule
qu'on doit changer de vie. Au lieu de compter
tes marches, pense plutôt que c'est un exercice
bénéfique à ta santé, il sera toujours temps de

te faire installer un élévateur pour grimper là-haut. Tu évoques ce Hollandais en short orange à Collioure comme si tu n'avais qu'un souvenir. Moi, j'en ai mille. Et la drôle de glace au lait de riz que nous avons partagée devant le port ? Et l'ondée qui nous a surpris en sortant du musée ? Qu'en fais-tu ? Tu me parles d'un pas de côté, moi, j'avais envie de danser toute la vie dans ta cuisine. Je suis retraité mais le cœur n'a pas de rides. Ce n'est pas le tour du parc de la résidence Beaulieu que j'ai envie de faire avec toi, c'est le tour du monde en montgolfière. Une place dans une maison de repos ? Ça ne me viendrait pas à l'idée de m'enfermer dans une cage et je me repose très bien dans mon divan. C'est ton choix de te laisser manipuler par ton Frédéric. Je ne peux pas concevoir notre relation de quatorze à seize heures et encore moins t'imaginer manger une purée sans sel alors que je pourrais te préparer un couscous royal avec de la graine d'orge roulée à la main. Je te vois déjà à table entre des Paulette et des grabataires qui alignent leurs gélules. Ne compte pas sur moi pour les visites du dimanche. À ton âge, toutes les femmes ne sont pas égales, tu es une jeune fille de soixante-dix-huit ans et

Eh bien dansons maintenant !

j'aurais veillé sur toi mieux que des infirmières anonymes. Tu as décrété toute seule que nous deux c'était fini. Après avoir lu ta lettre si raisonnable, j'ai pris une décision : je vais rentrer au bled le plus vite possible, retrouver des racines auxquelles m'accrocher. Manou me comprendra. Elle fera la traversée elle aussi et je lui ferai découvrir les collines de notre enfance et la maison de sa mère. Tu attribues notre baiser à la tramontane, il n'y avait pas un souffle de vent ce jour-là. Il est des parenthèses qu'on n'aurait jamais envie de fermer et la nôtre en était une.
Marcel

P.-S. : Je n'aime pas les peupliers. Trop mélancoliques à mon goût.

29

— Madame Delorme, vous avez du courrier.

Une aide-soignante lui apporte la lettre de Marcel juste avant que l'animation de l'après-midi ne débute dans la salle commune. Sa main tremble en glissant l'enveloppe dans la poche de son long cardigan. Ce n'est pas le bon moment. Pas tout de suite. Plus tard.

Un homme est là, debout, devant les chaises alignées. À ses côtés, une marionnette bariolée à la peluche usée chantonne des airs connus que quelques pensionnaires reprennent en chœur. La voisine de Marguerite tousse un peu trop fort.

— Ils nous prennent vraiment pour des enfants, moi je n'ai jamais aimé le cirque ni les tours de magie et encore moins les ventriloques. Pourquoi on nous impose ça ?

— Vous pouvez rester dans votre chambre si vous voulez, suggère Marguerite.

— Dans ma chambre je m'emmerde.

— Vous êtes là depuis longtemps ?

Marguerite s'étonne d'engager si facilement la conversation et de vivre cet instant le plus normalement du monde. Elle sait que la lettre est là. Elle se demande pourquoi elle ne l'ouvre pas de manière plus naturelle comme toutes les lettres. Pourquoi ce cinéma ? Elle ne changera pas d'avis.

— Je ne sais plus quand je suis arrivée mais je m'assagis avec les années. Il serait temps à mon âge, répond sa voisine.

— On s'habitue donc à vivre ici ?

— Vous ne m'entendez pas. Vous avez des problèmes d'audition ? Je vous dis que je broie du noir et l'arthrose n'arrange rien.

La vieille dame inconnue regarde par la fenêtre.

— Je sens que le vent se lève, les peupliers vont danser, j'aime cette douce ondulation, ça rend la fatalité plus légère. À quatre-vingt-deux ans, on a les distractions qu'on peut. Ça vous amuse cette marionnette grotesque ? Mon histoire à moi commence par un drame. Voulez-vous que je vous la raconte ? Installons-nous dans la véranda, nous serons plus tranquilles et plus près des arbres.

Marguerite lui tend sa canne, remonte le gilet qui a glissé le long de son bras et l'aide à s'asseoir. C'est la première fois qu'elle recueille les confidences d'une étrangère.

Au loin, on entend la poupée bariolée entonner un air de Charles Trenet.

— Je n'étais qu'une enfant quand la guerre a ravagé Dunkerque. Oui, je suis du Nord, c'est peut-être pour ça que j'aime le vent qui vient de là-bas. Les bombardements étaient terrifiants cette semaine-là, plus rapprochés que d'habitude. Notre maison avait tenu le coup, par miracle ou bien par chance, je me le demande souvent les nuits d'insomnie. Jusqu'à ce samedi soir de novembre. J'entends encore la voix de mon père : « Foutez le camp ! Toutes les deux ! Je vous rejoins à la mairie. »

Les vieilles dames regardent l'ondulation des peupliers. Les infirmières vont et viennent, accomplissant leur travail vaille que vaille. Dans sa poche, la lettre brûle la main de Marguerite. Elle espère qu'il a compris et que tout va rentrer dans l'ordre.

— J'ai pris la couverture que j'avais mise au-dessus de moi pour me boucher les oreilles et j'ai dévalé les escaliers quatre à quatre en appelant ma mère de toutes mes forces. Je me suis retrouvée sur le trottoir, une robe de laine couvrant mon corps de petite fille et une couverture dans les mains. « Cours ! » a hurlé mon père du haut de la fenêtre du troisième étage. « On arrive. » Je n'ai pas eu le temps de tourner le coin de la rue que ma maison s'est écroulée et ma vie avec. Un obus les avait éventrées. Il ne restait qu'un trou béant dans la terre et tout autour des amas de pierres, de châssis et de plancher. Je n'ai pas pleuré. Je n'ai pas crié. Le corps plongé dans une mer de glace, c'est la seule sensation qui me reste. Le drame s'est éloigné, dieu sait comment, mais je me promène toujours avec deux tricots

228

à portée de main et des chaussettes, été comme hiver. Tant d'années ont passé. Comme ça file n'est-ce pas ? Trois petits tours et puis s'en vont. Au milieu de tout ça il y a quelques belles choses qu'il faut savoir saisir, sinon…

— Vous avez eu envie de retourner chercher vos parents ?

— Je n'ai pas eu le temps de me poser la question. Une dame m'a prise par le bras et m'a entraînée sans aucun ménagement jusqu'à la mairie. Le bombardement continuait et elle me serrait de plus belle, je me suis débattue et j'ai crié qu'elle n'était pas ma maman, que ma vraie maman était avec mon papa sous les gravats de notre maison de la rue des Fraiseurs et que toutes mes poupées m'attendaient là-bas.

Depuis ce jour-là tout s'est déroulé sans que plus jamais rien ne m'atteigne. J'ai erré de familles d'accueil en foyers, de faux départs d'histoires d'amour en mirages, sans m'attacher à rien ni à personne. Et voilà, aujourd'hui je trompe le temps dans la salle commune d'un home de vieillards à regarder un pantin qui m'emmerde.

Les avant-bras sur les accoudoirs du fauteuil, le regard rivé vers le parc, Marguerite laisse passer un léger silence puis elle demande doucement :

— Vous avez été mariée ?

— Presque. J'ai aimé une fois très fort mais j'ai raté la marche et je me suis cassé la gueule. Je m'arrêterai là d'ailleurs, le reste m'appartient et il est un peu tard. Ça fait longtemps que je n'ai pas parlé à quelqu'un, comment vous appelez-vous ?

— Marguerite. Et vous ?

— Antoinette, mais on m'a toujours appelée Nénette.

Le dîner va être servi. Nénette se lève en s'accrochant à sa canne.

— Ma première maison s'est effondrée devant moi, ensevelissant mes parents. Que peut-il vous arriver de pire après ça ? Cet endroit, la résidence Beaulieu, je sais que ce sera la dernière du voyage.

Elle s'éloigne à pas lents et regarde une dernière fois le parc avant d'entrer dans la salle à manger.

— Il commence à pleuvoir.

Marguerite se retrouve seule dans la véranda. Le ventriloque a terminé son show. Elle prend conscience du vide de sa vie, de l'absence d'amie à ses côtés. Il y avait eu sa sœur mais voilà près de soixante ans qu'une plaque de verglas avait changé le cours de l'histoire. Pourquoi reste-t-elle accrochée à ce passé comme un chien à sa laisse ? Ni amie ni amour. Pas le moindre risque de perdre une deuxième fois un être cher. La force lui avait manqué pour quitter le cocon soigneusement tissé par Henri. Une cousine habitant à l'autre bout de la France avait hérité d'un peu d'argent à la mort de sa mère et en vingt-quatre heures avait abandonné son mari auquel elle semblait si dévouée depuis tant d'années. Cette histoire l'avait toujours impressionnée. Avec Marcel tout avait été si simple. Simple et compliqué comme un jeu de séduction dont elle ne maîtrisait pas les codes. Voilà toute sa vie résumée en un seul mot : « oser ». Elle n'a jamais osé. Cette lucidité soudaine, devant les peupliers courbés, l'étourdit un instant.

— Madame Delorme, voulez-vous que je vous accompagne jusqu'à la salle à manger ?

— J'arrive, mademoiselle.

Elle sait ce qui l'attend : s'asseoir à la place qu'on lui a désignée et, sur les murs, des scènes de campagne : un paysage entre chien et loup, un lac bleuté au milieu d'une forêt, une route avec au loin un clocher. Ce soir au menu, des pêches au thon, suivies de bouchées à la reine. Certains résidents, les plus chanceux, auront droit à un verre de vin. Elle prend l'enveloppe dans sa poche et en sort la lettre. Au loin, le brouhaha du dîner, le service a commencé. À la table numéro cinq, la place reste vide. Elle lit les mots de Marcel, le rythme de sa respiration s'emballe. Dans le couloir qui mène à sa chambre : des plantes vertes et des extincteurs, un beau décor à l'abri de tout. Frédéric a souhaité quelque chose de bien et il a réussi son projet. À la table numéro cinq la place reste vide. Pas de pêche au thon ni de bouchée à la reine pour elle ce soir.

Sur un guéridon près de l'accueil, l'annuaire téléphonique où elle a trouvé son adresse. *Maisons-Laffitte*, lettre G, *Guedj*.

— Allô, c'est moi… Viens me chercher !

30

La pluie battante sur les vitres de la Peugeot rappelle le huis clos d'un *car-wash*. Marguerite raconte d'une seule longue phrase le déroulement de ces dernières journées. Il ne pose pas de question, instinctivement il l'emmène chez lui. Il se gare devant l'immeuble sans prétention et il dit simplement :

— Il t'a fallu de l'audace pour quitter cet endroit.

— C'est exactement ça, j'ai osé, enfin.

— Je suis heureux.

— Ce n'est pas seulement de l'audace, c'est un concours de circonstances.

Au moment où elle se dirige vers le coffre pour prendre son sac, il arrête son geste et la serre dans ses bras. Il la soutient dans l'escalier et l'installe dans son salon minuscule, lui enlève ses chaussures, l'aide à s'allonger, va chercher une couverture en laine dans l'armoire du couloir et la pose délicatement sur son corps fragilisé. Il s'installe à son côté, étend les jambes de Marguerite sur ses genoux et lui masse les pieds. Longuement. Et sans l'ombre d'une hésitation, elle se laisse aller dans cette atmosphère calme et rassurante.

— Tous ces murs blancs, tous ces vieillards esseulés, soupire-t-elle.

Il dit à mi-voix :

— Je vais préparer du thé.

Marguerite regarde le ciel s'assombrir sur la ville et, sur le balcon, des vieux cartons qui traînent et un télescope.

— Cette petite-fille de Dunkerque...

Elle s'endort sur le vieux canapé.

Il pose le plateau sur la table basse et s'assied dans le fauteuil pour veiller sur elle. Il voit son visage qui tressaille dans un mauvais rêve, son bandage blanc, le bleu qui vire au jaune sur

234

sa main, ses cheveux courts ébouriffés et il se souvient de l'envie qu'il avait eue d'enlever les pinces de son chignon le premier jour. Il pense au mot *intimité* en huit lettres.

« Mon fils a peur que je fasse une mauvaise rencontre. » C'est ce qu'elle avait dit sur la terrasse à Bagnères-de-Bigorre. Elle avait rougi et il avait trouvé ça charmant. Ce qui le touche en plein cœur, c'est l'étrange sentiment que cette femme l'attendait.

Il ne sait pas combien de temps il l'a regardée dormir dans son salon. Il s'est assoupi. Quelques heures seulement. Quand il se réveille à l'aube, il ne ressent aucune lassitude. Il se redresse, ouvre la fenêtre, respire profondément. Elle est là et ça lui semble naturel. Il lui fait couler un bain, allume le chauffage électrique. Il n'est pas loin, discret, la laisse savourer l'eau chaude, la mousse, l'éclairage tamisé de la lampe qu'il a déposée sur l'étagère. Elle entre dans la chambre, enveloppée dans le peignoir en flanelle trop grand pour elle comme dans un vêtement familier, et se couche sur le lit.

— J'ai emprunté le livre de Maupassant à la bibliothèque. Tu avais oublié ces quelques mots : *Pourquoi ces frissons de cœur, cette émotion de l'âme, cet alanguissement de la chair ?* Tu veux bien tirer les rideaux et venir t'allonger à côté de moi ?

Le téléphone sonne dans le hall d'entrée et elle dit avec un air malicieux :

— Occupés, ne pas déranger.

Il se glisse près d'elle et il murmure :

— Tu as raison, les rideaux fermés, c'est plus doux à notre âge.

Il la déshabille dans la pénombre qui lisse les peaux froissées. Il devine sa silhouette frêle, ses fesses, son ventre, son cou. Elle baisse les paupières, il rapproche son visage du sien et pose ses lèvres sur sa bouche veloutée. Comme à Collioure. Fragiles funambules sur le fil, ils disent en silence ce qu'ils n'osent pas encore exprimer tout haut. La peur, le désir et le vertige.

Elle effleure sa bouche d'un doigt, l'arête du nez, caresse les sillons de son visage, les marques du temps, souligne le chemin d'une veine bleutée sur sa grande main parcheminée. Ravins et montagnes, chaque tache, chaque ride, elle veut tout connaître.

— Tu as la carrure d'un homme qui a été très fort.

— Dans une autre vie.

Elle suit une fine ligne blanche qui va de la clavicule à l'épaule.

— C'est quoi cette cicatrice ?

— Un tigre énervé.

Il l'enlace avec la même délicatesse qu'une orchidée, dessine des courbes autour des angles, invente des caresses. Ruban par ruban, il délace le corset invisible qu'elle a porté pendant toutes ces années. Il la respire.

— J'aime l'odeur de ta peau.

Les mains de Marguerite l'explorent comme aimantées par son grain de peau usé et il aime ça. Il frissonne quand elle frôle le bas du dos, ses mains sont encore plus douces que ce qu'il imaginait. Sans masques. La vérité des êtres. Si vieux et tellement jeunes.

Il appuie légèrement le pouce sur son sourcil qu'il lisse lentement, deux fois, le gauche puis le droit et elle sourit.

— Pourquoi tu souris ?

— Parce que je suis bien.

— Tu es extraordinaire.

À cet instant, ils voyagent sans bagages. Débarrassés des préjugés, de la raison, du regard des autres.

— Moi aussi j'aime ton odeur.

Encore une étreinte, un regard, un bruissement d'aile. Les corps assoupis émergent d'une longue hibernation. L'urgence guide les gestes, l'énergie souterraine palpite, se faufile. Impudiques et bouleversés, ils s'abandonnent, le plaisir éclaire leurs visages.

La fenêtre s'ouvre, le rideau vole, un rayon de lumière glisse sur le parquet. Le printemps entre dans la chambre.

La tête nichée au creux de l'épaule de Marcel, elle chuchote :

— C'est la première fois.

31

— Ça fait vingt-quatre heures que je te cherche. Où es-tu ?

— Chez moi.

— Tu mens. Ce n'est pas ton numéro qui s'affiche.

Assise sur le divan de Marcel, Marguerite respire profondément et répond :

— Je suis vieille mais pas au point de me laisser placer sans mon consentement dans une maison de retraite déguisée en centre de soins. Nénette, ça fait dix ans qu'elle est coincée entre des bouchées à la reine et des ventriloques ridicules.

— Qui est Nénette ?

— On ne fait pas ça à sa mère !

— Tu devais passer des examens de santé plus approfondis…

— De quels examens parles-tu ?

— Simplement vérifier… si tu avais encore toute ta tête.

— On n'est pas démente parce qu'à soixante-dix-huit ans on couche avec un autre homme que son défunt mari.

— Maman !

— Mais qu'est-ce que tu crois Frédéric, j'ai encore des choses à vivre. Va-t-on continuellement me dicter ce que je dois faire et ne pas faire ?

Elle raccroche et murmure :

— Ça suffit maintenant.

Elle entend la porte d'entrée s'ouvrir, c'est Marcel qui revient les bras chargés de paquets.

— J'ai pris des brioches et des oranges. Qu'est-ce qui se passe ? Tu as l'air toute chose.

— Je n'ai pas envie de faire la guerre avec mon fils.

Il dépose les courses du petit déjeuner sur la table.

— Tu veux un petit café ?

— Je préfère un thé s'il te plaît.

Ils savent tous les deux qu'ils devront affronter l'incompréhension. Chacun à sa manière, ils ont toujours évité les conflits familiaux. Il s'assied près d'elle et lui caresse doucement la joue, elle le regarde et d'une voix presque inaudible :

— La vie est courte, je peux mourir demain, je n'ai pas envie de me disputer, ni avec mon fils ni avec personne.

Frédéric repose le téléphone.

— Alors ? demande Carole.

— Elle m'a raccroché au nez.

— Il faut dire que tu ne l'as jamais écoutée. Tu ne veux plus qu'elle sorte après dix-huit heures et tout doit rester figé dans cette maison vide. C'est quoi l'idée ? Plaire à ton père ?

— Je ne la reconnais plus. Ce n'est pas pour moi que j'ai fait ça, c'est pour la protéger. Il faut regarder les choses en face, c'est devenu une vieille dame et elle a tort de penser le contraire.

— Tu as de la chance qu'elle soit encore là. Alors soit tu la perds avant l'heure, soit tu t'adaptes à ses choix.

Après deux nuits de questions sans réponses, il décide de rappeler sa mère. À vrai dire le docteur Dubois n'avait jamais évoqué le moindre signe de démence ou de sénilité précoce. Frédéric a peut-être eu tort d'envisager le pire.

— Maman, excuse-moi d'avoir été si peu délicat... La vie ne nous a pas habitués à autant d'imprévus. Je n'ai pas été éduqué de cette façon, papa a toujours placé des balises.

— C'est bien d'en ôter quelques-unes parfois, tu devrais essayer. Et si tu venais dîner avec Carole et Ludovic mardi prochain ?

— À la maison ?

— Non, chez Marcel.

Marcel et Marguerite ont décidé de préparer l'événement ensemble. Au marché, elle choisit avec soin les jeunes carottes, les poireaux et les champignons. Marcel s'occupe de l'épaule de veau et il insiste pour qu'elle soit tendre. Il ne veut pas faire les choses à moitié.

Elle s'offre des macarons fondants à la violette qu'elle déguste un à un avec une exquise sensation de liberté, et il sourit en la regardant à l'autre bout des halles couvertes.

Elle le rejoint devant l'étal du producteur de fruits, il lui prend les paquets des mains et l'embrasse avec gourmandise au milieu des cerises et de la rhubarbe, comme s'ils avaient été séparés pendant trois jours. Dans la file d'attente, accrochées d'un côté à leurs cabas et de l'autre à la laisse du chien, deux clientes interrompent leur bavardage.

— Ce n'est pas Maguy Delorme, la femme du notaire ?

— Elle s'est coupé les cheveux !

— Même pas veuve depuis un an et elle étale sa vie au grand jour.

— Il est beaucoup plus jeune qu'elle. C'est honteux !

— Une cougar à Maisons-Laffitte !

Les deux chiens se reniflent le derrière pendant qu'au bout de la laisse elles continuent d'alimenter le feuilleton de la ville.

Cette année les fraises des bois seront délicieuses, leur annonce le marchand. Marguerite promet qu'ils seront au rendez-vous début juillet, surprise une fois encore que cette perspective des plus banales la réjouisse autant. Ils ont failli oublier le dessert, Marcel propose un cheese-cake, ils n'en ont jamais fait ni l'un ni l'autre mais ils décident en souriant de se lancer dans cette aventure. Ludovic adorera et la nouveauté surprendra Carole. Marguerite la reçoit depuis des années avec l'éternel saint-honoré acheté dans la meilleure pâtisserie des environs.

La cuisine de Marcel est sens dessus dessous. Comme avant le coup de feu dans un grand restaurant, on s'affaire, on goûte, on relit pour la cinquième fois la recette. Les carottes un tantinet plus fines, la fleur de sel des grandes occasions.

Torchon à la taille, il est aux commandes. Au menu : blanquette à sa façon. Clous de girofle, beaucoup de crème et, au dernier moment, un verre de vin blanc sec et de l'oseille. Il mettra une part de côté, qu'il apportera tout à l'heure à sa voisine. Elle a perdu son mari il y a quelques mois et il s'en veut de ne pas s'en être soucié davantage. Marguerite pense à Nénette, ils pourraient aller la chercher à la résidence Beaulieu un de ces jours, ils s'installeraient tous les trois sur le banc face à l'impassible Hector.

Il lui montre comment couper les poireaux en bâtonnets et elle s'applique comme un commis de cuisine. Simplement pour le plaisir d'être avec lui, de le regarder tourner sa cuillère en bois dans la cocotte ou ajouter une pincée de muscade à la recherche de l'équilibre parfait des saveurs. Elle lit à voix haute la recette du cheesecake en se demandant s'il ne vaudrait pas mieux aller commander une glace aux framboises. La blanquette qui mijote dégage un arôme de bouquet garni qui embaume tout l'appartement. Marguerite s'habitue peu à peu à cet espace exigu, rassurée de voir la lampe argentée de ses parents, un tableau que sa sœur lui avait offert pour son anniversaire et, à côté de leur lit, sa petite table de nuit sur laquelle est posé *Madame Bovary.* Elle n'ouvre pas l'armoire où se trouve le sac en raphia, la jalousie la pince parfois mais elle sait qu'il y a des portes qu'il vaut mieux laisser fermées.

Aujourd'hui elle se pose moins de questions sur cet homme à l'écorce rugueuse et au cœur tendre qui se déplace avec une lampe de poche pour ne pas la réveiller, dort avec des grosses chaussettes, chante de la musique chaâbi sur le balcon et dont le meilleur ami vit au zoo. Cet homme qui l'avertit qu'il boude quand elle écoute trop Line Renaud mais pas plus de cinq minutes parce qu'il n'aime pas bouder. Cet homme qui l'appelle ma tourterelle, mon hirondelle, ma mésange dorée. Tout cela, elle le savoure.

Il lui fait goûter la sauce les yeux fermés et elle la trouve trop poivrée.

— Il faut toujours ajouter un chouia d'épices dans une recette, sinon c'est comme la vie, trop fade.

Et il ponctue sa phrase d'un baiser.

Elle a acheté une nouvelle nappe pour la circonstance et elle tourne autour de la table en disposant les couverts, cherchant le bon point de vue pour juger de l'effet général. Elle veut que tout soit réussi. Il n'y aura pas de notables et pas de Maria pour briquer l'argenterie ici, que des choses ordinaires qui lui rappellent ses origines modestes et son enfance. Sans convenances ni protocole, le repas familial était toujours convivial.

Manou arrive la première, une bouteille de bourgogne à la main. Une grande brune au décolleté rayonnant et une petite dame sage – personnage de Sempé, aux yeux d'enfants – se regardent. Elles ne sont pas vraiment étonnées, certaines rencontres paraissent évidentes, elles en sont toutes les deux soulagées.

— Humm, ça sent vachement bon.

Manou soulève le couvercle et plonge un doigt dans la casserole pour goûter la sauce de son père. Il le referme aussitôt comme quand elle était petite.

— Papa est de retour aux fourneaux, ça fait plaisir.

Trois coups de sonnette. Deux adolescents intimidés qui réunissent leurs parents pour la première fois se figent au milieu de la cuisine en effervescence.

— Ça va aller, dit Manou.

32

Marcel ouvre la porte et se retrouve nez à nez avec un énorme bouquet de roses rouges. C'est la première vision qu'il a de Frédéric.

— Il n'y aura jamais de vase assez grand.

Frédéric serre la main de Marcel et regarde autour de lui, il doit se dire que c'est pour cette cage à poules que sa mère s'est évadée de la résidence quatre étoiles.

Carole n'a pas vu Marguerite depuis l'incident de la maison de repos. Pour échapper à ce moment délicat, elle s'affaire autour des roses, cherche un récipient pour les hautes tiges, n'en trouve pas et finit par les déposer dans le lavabo de la salle de bains.

Ludovic se jette dans les bras de Marcel.

— Papa voulait le plus gros bouquet.

— Comment va le champion automobile ?

Fier comme Artaban de dîner avec son institutrice, il virevolte de la table au télescope. Marcel prend le temps de lui montrer l'étoile Polaire : la première levée et la dernière couchée. Il lui promet qu'une nuit sans nuages, il l'emmènera observer l'étoile Margarita.

— Merci de vous occuper de mon fils, murmure Carole. Il n'a plus de grand-père, je suis touchée de vos attentions.

Frédéric observe l'aquarelle qui trônait au-dessus de la cheminée chez ses parents et qui orne désormais le mur de la salle à manger.

Manou lève son verre à la santé des fiancés en regardant droit dans les yeux Maître Delorme se mordiller la lèvre. Et d'une voix claire et joyeuse :

— Je repense à toutes ces soirées où je n'osais pas téléphoner à mon père parce que j'avais peur de tomber sur un homme brisé par le chagrin. Décidément, la vie réserve de jolies surprises.

Marcel pose sa main sur celle de Marguerite.

On parle de la pluie qui s'acharne sur le pays depuis trois jours et des progrès de Ludovic au tennis. On félicite Marcel pour sa blanquette de veau. Et Carole lance à la cantonade :

— C'est le meilleur cheesecake que j'aie mangé.

Marcel boit une gorgée de vin, s'éclaircit la voix et annonce qu'il veut emmener Marguerite dormir dans les arbres au milieu des Cévennes.

— En pleine nature, une cabane en bois, perchée à cinq mètres de haut.

Frédéric sursaute.

— Et ses genoux ? C'est insensé ! Si elle arrive en haut, elle ne pourra jamais redescendre.

— Elle a des ailes maintenant, ose Marcel.

Il sait combien ses désirs fous seront rattrapés par la réalité et il blottit sa jambe contre celle de Marguerite sous la table. Un jour on grimpe dans un arbre et on ne sait pas que c'est la dernière fois.

Carole les regarde d'un air attendri puis se tourne vers son mari.

— Et toi, Frédéric, est-ce que tu m'emmènerais dormir dans une cabane perchée ? Tu

251

retrousserais tes manches pour hisser le panier avec la bouteille de rouge et le camembert ?

— Je te ferais remarquer que ce soir je n'ai pas mis de cravate et que tu n'as rien vu, soupire Frédéric. Pareil pour cette barbe de trois jours… J'essaye d'être dans le vent et tu ne perçois que mon côté guindé.

— La semaine passée, tu m'offres un cadeau sans occasion particulière. Quand je le déballe, je découvre une bonbonnière. Un objet qu'on n'utilise plus depuis trente ans ! Alors pour ce qui est d'être dans le vent… Des fois, vraiment, je ne te comprends pas.

Toute la table rit pour dissiper le malaise. Et puis on recommence à parler du dernier film de Meryl Streep, du mariage pour tous et du sens de circulation qui va être inversé dans certaines rues de Maisons-Laffitte. Ludovic s'est endormi sur les coussins. Sans effusions et sans fausses promesses de recommencer, la soirée se termine. Carole le réveille doucement et promet qu'il reviendra bientôt.

Frédéric glisse à Marcel :

— C'est nouveau tout ça pour moi. Mon père est mort l'année dernière, ce n'est pas si facile de confier ma mère à quelqu'un que je connais à peine.

Il embrasse maladroitement Marguerite sur la joue. Elle en oublie de le remercier pour les fleurs et le calme revient dans l'appartement.

Marcel est fier du petit mot que Manou a prononcé avec simplicité et gentillesse, c'est bien la fille de Nora. Ce n'était pas une réunion de famille très ordinaire. Il a surtout aimé serrer sa jambe contre celle de Marguerite, heureusement la nappe n'était pas trop courte. Il en perdait le fil de la conversation, rêvant du moment où ils seraient seuls et où il pourrait la prendre dans ses bras.

— Voilà, c'est fait, dit-elle.

— C'était une bonne idée, elle venait de toi.

— Je suis heureuse.

— Tu as l'air fatiguée.

Quand il a posé la main sur la sienne pendant le dîner, elle a retenu son souffle puis elle a répondu à sa caresse.

— Je n'ai pas l'habitude d'être amoureuse.

33

Lovée dans un édredon moelleux au côté de Marcel, Marguerite n'arrive pas à trouver le sommeil. Elle se sent sur un fil, prête à tomber, et la lumière orangée du réverbère qui fait danser des ombres sur le lustre accentue son angoisse.

Il aime la surprendre et il a déniché une charmante auberge comme elle les affectionne. Il a beaucoup plu cet après-midi, la grande fenêtre du salon offre une jolie vue sur le jardin noyé par la pluie et cette maison débordant de livres et de photos de voyages leur a donné envie de rester au coin du feu. Marguerite, presque

étonnée de ne pas regretter le soleil, s'est pré-
lassée dans le canapé.

La propriétaire collectionne les théières. Il y
en a partout, alignées sur les meubles et les
étagères. En porcelaine, en fonte, avec des becs
travaillés. D'une voix passionnée, elle leur a
raconté l'histoire de certaines d'entre elles, une
rencontre quasi charnelle.

— Je suis une veuve joyeuse, les théières
m'ont sauvée.

Et Marguerite a pensé en regardant Marcel :
chacune sa bouée de sauvetage.

Si elle l'avait connu à vingt ans, est-ce qu'ils
auraient fait des gaufres tous les dimanches matin
au milieu des pépiements et des rires d'enfants ?
Est-ce que toute la famille se serait tartiné le
visage avec le reste de la pâte ? Elle aurait peut-
être vécu dans une vieille maison à la campagne
avec trois chèvres et cinq moutons et elle aurait
crié : « Marcel, quand tu auras fini de nourrir
les poules, tu viendras goûter la crème, je crois
que j'ai trouvé une nouvelle recette, cette fois
on va en vendre ! »

En pleine nuit dans la petite chambre, elle joue le premier rôle de cette existence imaginaire. Des mioches qui courent dans les prés, du mercurochrome pour soigner les genoux écorchés, des invités qui vont et viennent à la grande table en bois et au milieu de ce bonheur champêtre, c'est elle la matriarche.

Où a-t-elle raté la marche ?

Au-dessus de l'armoire, elle croit apercevoir deux grands poissons-chats. Ce ne sont que des brocs décoratifs que les ombres de la nuit ont métamorphosés.

Elle sait que malgré la réussite de la soirée qu'elle a organisée chez lui, les dîners de famille se compteront sur les doigts d'une main et elle tremble devant cette histoire d'amour et ce changement de vie aussi radical que tardif. Elle aime ses caresses et elle redoute la dépendance à cette drogue douce. Très douce. La veille il a glissé ces mots sous son oreiller :

> *On en parle si souvent*
> *De ce seigneur de ce mendiant,*
> *De ce poète un peu fou*
> *Inventeur du rendez-vous*

Eh bien dansons maintenant !

On en parle sans raison
Pour le plaisir de dire son nom
Pour son mystère et son charme
Fait de fous rires et de larmes

On en parle et c'est délicieux
En se regardant dans les yeux
On le murmure tout bas la nuit
Chaque fois qu'il nous réunit.

On en parle sans l'avoir connu
Et aussi quand on l'a perdu
On s'en moque de temps en temps
Mais on le cherche éperdument

On en parle tant et si bien
Qu'un jour il vous tend la main
Et l'amour ce vagabond
*Est tout entier dans un prénom.**

Cet homme la bouleverse. Va-t-elle être à la hauteur de ce qu'il lui offre ? Quel est le mode d'emploi pour aimer quand on n'est même plus en état de monter sur une chaise pour changer une ampoule ? Les hommes mûrissent,

* Jacqueline Dalimier, *Des ailes au bout des doigts.*

les femmes vieillissent. Ou est-ce l'inverse ? Doit-elle suivre son intuition ? Si seulement quelqu'un pouvait lui donner la bonne réponse.

C'est à cinq heures du matin qu'elle a le déclic. Quelques épouses des notables de la ville ont franchi le pas malgré la désapprobation de leurs maris et elle est bien décidée à faire de même. Elle n'est plus à une bêtise près mais elle se jure que ce secret ne sera connu de personne. Pas même de Marcel. Cette décision soudaine lui apporte enfin le repos de l'esprit et elle s'endort, bercée par la lumière orange du réverbère qui illumine les poissons-chats au-dessus de l'armoire.

Une semaine plus tard, elle n'a pas changé d'avis, prétexte une course à faire et prend le chemin de l'hippodrome. Dans la rue sombre malgré la matinée ensoleillée, elle se souvient que sa sœur aussi était un jour allée consulter : en revenant, elle n'avait rien voulu dévoiler. Tout ce que Marguerite avait pu en tirer c'est qu'elle avait passé un moment troublant. Elle aime revivre certains épisodes de la vie d'Hélène, l'impression de la retrouver le temps d'un mirage.

À la porte de la modeste habitation, un panneau indique *La sonnette ne fonctionne pas*, et quand la propriétaire lui ouvre, elle ne trouve rien à dire. Au mur, de vieilles photos de chevaux de course à l'entraînement. Rien qui puisse faire penser qu'elle est au bon endroit.

Madame Delvaux est d'origine belge et on raconte dans le quartier qu'elle a prédit il y a vingt-cinq ans la mort du roi Baudouin pour l'été 1993. Elle avait vu juste.

Avec un sourire bienveillant, la voyante lui demande de battre les cartes longuement, de les étaler face cachée, de passer plusieurs fois la main au-dessus et de se concentrer pour en choisir quatre. Ni boule de cristal ni chat noir, c'est rassurant. Elle retourne la première.

Le nom des symboles résonne dans sa tête mais elle est bercée par la voix mélodieuse de cette grande dame brune. Elle aurait dû venir plus tôt.

Madame Delvaux lui annonce des perspectives nouvelles et Marguerite frissonne, troublée que les cartes en sachent autant. Elle entend :

« Le soleil et un monde meilleur… La lune qui évoque l'inconscient, les forces cachées et la possibilité de désillusion. » Elle frémit quand la carte du Serpent apparaît : elle se voit aller tout droit en enfer. Avant de commencer la séance, la voyante lui a offert une tasse de thé : Marguerite est incapable d'en boire une gorgée. L'angoisse la saisit comme si elle allait apprendre que la vie s'arrêtait là, dans cette maison, devant des reproductions en noir et blanc de chevaux de courses.

Il reste encore une carte à retourner. Madame Delvaux lui annonce que si le tirage se termine par l'Étoile – symbole de paix, de protection et de chance –, tout devrait se résoudre au mieux puisqu'elle corrige ce qui est négatif.

— Arrêtez !

Marguerite paye son dû et, pour tenter de dissiper le malaise, elle ajoute que les photos de chevaux sont vraiment jolies, comme on parle de tout et de rien à son médecin quand on retarde le moment d'entendre le diagnostic.

Quelques instants plus tard, elle est sur le trottoir, son sac à main bien serré contre son manteau. Elle marche moins vite qu'elle ne

261

le voudrait, les douleurs ne sont jamais loin quand on vieillit. Elle aurait dû se contenter de demander des nouvelles de ces foutus genoux, une question plus prudente. Elle ne veut pas connaître l'avenir. Elle sait qu'elle doit espérer le meilleur et que si le pire arrive, l'existence réserve encore des surprises. La vieille dame de la résidence Beaulieu détenait la vérité. Une vie malgré les gravats.

En rentrant chez Marcel, elle passe à l'épicerie et achète de la farine et des œufs. Cet après-midi elle fera des gaufres de Bruxelles.

34

Deux gamins désobéissants, voilà ce que nous sommes devenus. Nous refusons d'écouter les : « Soyez prudents. Vous allez prendre froid. Ce n'est pas raisonnable. Regardez plutôt la télévision. » Nous n'avons pas envie d'être raisonnables et nous avons l'impression de connaître par cœur le jingle de l'émission *Des chiffres et des lettres*. À force de rester assis nous finissons toujours par avoir mal aux fesses. Il nous faut des valises, des guides de voyage, découvrir d'autres horizons à perte de vue, changer d'air encore une fois, réchauffer nos vieux os au soleil, humer des parfums différents, entrer dans l'église d'un petit village que nous ne connaissons pas. Savourer la vie jusqu'au bout, tant que nous avons encore de la force et des jambes assez solides pour oser un détour. Vraies pipelettes, nous bavardons comme des muets qui auraient retrouvé la parole. Une sensation galopante de vouloir profiter de chaque seconde, même si au retour il nous faudra dormir pendant huit jours pour récupérer.

— Et si je t'emmenais voir de grands espaces, ma tourterelle ?

— Mon globe-trotter ne tient pas en place ?

— J'ai envie de découvrir de nouveaux paysages.

— Partons lundi.

Les chevaux sauvages côtoient les taureaux au pays des gitans, un cabanon comme dans un livre d'images, tout en bois, de plain-pied avec des volets qui s'ouvrent sur le lac des Mystères, des bougies à la citronnelle pour chasser les moustiques. Ce sera la Camargue.

— Nous ferons le trajet en une seule étape et une fois installés, nous marcherons autour du lac pour observer les couleurs changer au rythme de la lumière. Puis nous compterons les flamants roses.

Le premier soir, nous en comptons quinze. Libres et majestueux, ils s'envolent dans le crépuscule. Nous sommes prudents devant nos différences : un gros pull à col roulé façon camionneur, une robe trop légère pour la saison ; les excès de l'un, la retenue de l'autre. Nous ne changerons pas et cette fois il ne nous faudra pas cinquante ans pour le comprendre, c'est l'avantage des amours tardives.

Le lendemain, nos pantalons retroussés, nous plongeons nos orteils dans le lac en nous accrochant l'un à l'autre pour ne pas glisser dans la vase.

— C'est beaucoup mieux que les bains de boue.

— Il n'y a pas de réveil, surtout.

— Ni de crapauds en clapettes.

L'eau est froide et nous crions fort parce que quelque chose de visqueux nous frôle les mollets.

— Tu crois que c'est un piranha ?

— Juste une algue, ma douce.

— J'ai attendu soixante-dix-huit ans pour enlever mes socquettes et mettre mes pieds dans un lac accompagnée d'un homme.

Assis sur une pierre, nos gestes sont lents. Même remettre une paire de chaussettes après s'être déchaussés est devenu laborieux et nous contrarie. Nous sourions de cet agacement.

— Il y a des choses tellement plus difficiles que nous allons devoir vivre un jour.

— Ensemble ?

— Tais-toi idiot, attache tes lacets.

Aux Saintes-Maries-de-la-Mer, dans la crypte sous l'autel de l'église, des milliers de cierges allumés, des photos et des lettres de manouches venus implorer la bénédiction de la Vierge noire. Nous ne reviendrons jamais dans cet endroit et cette certitude rend les heures magiques.

— Je me demande ce que j'ai fait pour mériter un tel bonheur, Marcel. Je ne me mets pas à genoux parce que j'ai peur de ne pas pouvoir me relever. Sinon je te demanderais si tu veux passer le restant de tes jours avec moi.

— Peut-être que je répondrais : Oui, mon hirondelle, je le veux.

Le retour est moins paisible. Comme si la vie parfois voulait nous faire regretter d'avoir été trop audacieux. Il suffit de pas grand-chose pour

266

briser l'harmonie. Un joint de culasse défectueux. Nous devons nous arrêter sur la bande d'arrêt d'urgence et nous nous réfugions comme deux naufragés sur le petit talus en attendant que la dépanneuse vienne nous chercher.

— Je vais rentrer à pied.

— Tu ne vas pas t'enfuir à travers champs avec tes genoux de travers et la pluie qui a arrosé toute la campagne !

— J'ai toujours entendu dire que le risque de survie est limité au bord d'une autoroute…

Nous voilà, deux vieillards en gilets jaune fluo qui s'invectivent en faisant de grands gestes avec les bras. L'arrivée de l'assistance coupe court au projet de fuite.

Le verdict de l'homme de la situation – petit, trapu, au crâne dégarni – est sans appel. Si nous voulons rentrer chez nous, il nous faut prendre le train. Nous nous rassurons l'un l'autre face à la hantise que nos cœurs se fatiguent de tant d'aventures. Le dépanneur nous aide à grimper la marche qui accède à la cabine à l'avant de la remorqueuse. Entre un calendrier de Barbies dénudées et une photo de deux petits enfants accrochés au cou de leur mère, notre trio improbable fait la route jusqu'à la gare d'Avignon. Le petit homme au crâne dégarni nous raconte les malheurs des automobilistes et la patience qu'il faut parfois pour tenir tête à leurs caprices.

— Y en a même un qui voulait dormir dans mon camion. On trouve des originaux partout !

Nous nous amusons de cette situation inédite, nous aurons quelque chose de cocasse à raconter à Ludovic.

Arrivés à destination, nous hésitons à appeler nos enfants pour qu'ils viennent nous chercher et nous finissons par y renoncer, de peur que notre prochain désir d'escapade soit contrarié.

L'hôtel de la gare nous fait les yeux doux et pour grignoter des miettes de bonheur en plus, nous chuchotons à l'oreille l'un de l'autre.

— Nous pourrions nous offrir une nuit de vacances supplémentaire.

— Seulement s'il y a un lit double.

35

Comme chaque matin depuis dix ans, Marcel lui a apporté une tasse de thé au lit avant qu'ils ne prennent le petit déjeuner ensemble dans la cuisine. Il l'a réveillée d'un baiser, a placé un deuxième oreiller derrière son dos pour qu'elle soit confortablement installée et s'est recouché à ses côtés pour faire ses exercices de respiration.

— Je voudrais aller à Paris, murmure Marguerite.

— Tu n'es pas bien ici ?

— Et si nous y allions aujourd'hui ? Cela fait si longtemps.

— C'est vrai, ça semble à l'autre bout du monde mais ce n'est qu'à dix-huit kilomètres.

— J'aimerais revoir la place des Vosges et les Grands Boulevards.

— C'est une expédition, mais pour toi, ma tourterelle, je suis prêt à tout.

— À nos âges nous pouvons bien nous autoriser quelques folies de temps en temps.

— La Peugeot est capricieuse et les escaliers du métro trop raides. Je t'offre le taxi pour la journée, il nous déposera partout où tu as envie d'aller et nous jouerons les touristes japonais.

Marguerite a choisi une robe d'été, une veste à fleurs et un châle couleur lilas oublié dans le fond de l'armoire. Elle sourit au miroir de la salle de bains en croisant le regard de Marcel dont les sourcils sont devenus aussi blancs que la crinière. Il s'agenouille et lui attache délicatement la bride de ses chaussures. Elle le trouve élégant, vêtu du costume en lin qu'il n'a plus porté depuis belle lurette. Il prend sa canne et les vieux amants descendent prudemment l'escalier, après avoir coupé le gaz et vérifié deux fois que la porte était bien fermée.

Sur la banquette en cuir, elle annonce qu'elle voudrait d'abord revoir l'endroit où sa sœur a vécu : quai de Valmy devant le canal Saint-Martin, ce sera donc la première étape. Elle lit machinalement les noms sur la boîte aux lettres : Lebrun, Renard, Benzaken, Bartolini. On efface des noms comme on efface des vies mais la pierre grise de l'immeuble est toujours là, intacte. Le dos courbé, une femme met en pot quelques géraniums sur les appuis de fenêtre du rez-de-chaussée.

— Je peux vous renseigner ?

— Je suis venue voir où habitait ma sœur : Hélène Jacquet.

La gardienne se redresse lentement. Hélène Jacquet, ça lui rappelle vaguement quelqu'un mais elle ne sait plus.

— Je vous remercie, madame, bonne journée, j'aime beaucoup la couleur de vos géraniums.

Les souvenirs sont cruels alors parfois on s'illusionne pour croire encore aux mirages. Marcel veut retourner à la gare où il est arrivé avec ses parents en 1954. Le taxi les dépose devant l'entrée des voyageurs. Les bancs de bois ne

271

sont plus là, le bâtiment a beaucoup changé et les larmes aux yeux, il tente de se réapproprier les lieux. Marguerite caresse affectueusement sa joue. Comment résister à ces retours en arrière vertigineux ?

En sortant de la gare, ils marchent vaille que vaille dans ce Paris à la jeunesse insolente et au rythme de métropole endiablée, et elle s'émerveille encore et encore de la beauté de la ville sous la lumière de juin.

Ils décident d'un commun accord d'aller visiter la maison de Victor Hugo sous les arcades de la place des Vosges. Ils se soutiennent et s'épaulent, s'accrochent et se blottissent. Dans la capitale bruyante et rapide, Marcel et Marguerite célèbrent l'éloge de la lenteur. Victor Hugo semble intemporel et il les rassure un moment.

Marcel l'invite à boire un cappuccino dans un bistrot de la rue des Francs-Bourgeois, un homicide pour leurs intestins délicats, dit-il. En s'asseyant près de la fenêtre, Marguerite ressent son éternelle crispation au coccyx. Parfois les douleurs prennent le dessus sans crier gare.

— Depuis que le docteur Dubois nous a quittés, je n'ai trouvé personne de bien à Maisons-Laffitte.

— Ne t'inquiète pas, nous nous en occuperons demain. Pour l'instant, c'est Paris qui nous tend les bras.

Ils termineront la journée par une promenade en Bateau-Mouche. Ce n'est pas leur premier voyage au fil de l'eau : Marcel avait regardé la carte de France, entouré les cours d'eau navigables et ils s'étaient promis d'en descendre un chaque année. La première fois c'était de Rennes à Nantes. Ils avaient eu de la chance, comme disent les Bretons : il avait fait beau plusieurs fois par jour. Marcel se prenait pour un capitaine et Marguerite saluait les promeneurs sur les chemins de halage. Elle suivait des cours d'aquarelle et s'était lancée dans une série de croquis des petites maisons le long des écluses. Le soir elle lui montrait fièrement ses esquisses et il lui disait en souriant qu'elle n'était décidément pas faite pour le dessin. Un jour, bien plus tard, il avait dû admettre que le canal du Midi serait le dernier.

Entre le pont de l'Alma et le pont Neuf, elle chuchote qu'elle doit une fière chandelle au docteur Dubois.

— Je t'ai dit devant le cappuccino que nous nous en occuperions demain ; regarde le ciel de Paris, ma colombe, il nous accompagne au fil de l'eau.

— Je lui dois une fière chandelle, insiste Marguerite. Il m'a envoyée à Bagnères-de-Bigorre et sans lui nous ne serions pas là. Tout me plaît avec toi… Avant de te rencontrer je vivais au ralenti, j'aime la personne que je suis à tes côtés. Je te remercie pour cette journée magnifique.

Dans son sac la carte, la carte qu'elle a subtilisée il y a des années chez la voyante pendant que celle-ci cherchait de la monnaie. Elle la regarde parfois, sans comprendre ce qu'elle signifie. Un vieil homme en robe de bure agrippe d'un côté un bâton et de l'autre une lampe-tempête. En lettres rouges, il est écrit : *L'ermite.*

Marcel l'embrasse tendrement. Et les nuages au-dessus d'eux continuent leur course folle.

— Tu es la surprise que je n'attendais pas. Je n'ai jamais eu de chance au jeu mais ce jour-là sur la terrasse, j'ai gagné le gros lot. Je ne parle même pas de Ludo. Il ne faut pas que j'oublie de préparer l'enveloppe ce soir.

Demain, ils ont deux événements à fêter. Ludovic a réussi son bac et il veut leur présenter sa nouvelle petite amie. Elle travaille à *L'Heure bleue*, le nouveau salon de thé de Maisons-Laffitte.

À l'embarcadère Marguerite serre très fort la main de Marcel dans la sienne, elle voudrait lui demander une faveur.

— Je t'ai déjà dit que ma sœur habitait quai de Valmy ? J'aimerais beaucoup revoir l'immeuble un jour.

36

— Ludo m'a beaucoup parlé de vous et aujourd'hui je vous vois en chair et en os, ça fait plaisir, dit Apolline dans un sourire.

Et elle continue son service.

Les yeux de Ludovic brillent et Marguerite se rappelle leur conversation des années plus tôt. Il a fini par monter à l'échelle de corde, ses rondeurs se sont estompées et c'est maintenant un jeune homme élancé aux cheveux bouclés. Quel amoureux sera-t-il ? Aura-t-il la fougue d'Hélène ou la raideur d'Henri ? Sera-t-il plus extraverti que son père ou aura-t-il hérité de la douceur de sa mère ?

Faut-il des armes ou de la chance pour réussir en amour ? Sans doute les deux. En tout cas, il a les yeux bruns et rieurs, c'est déjà un atout.

Marcel regarde sans amertume cette belle jeunesse, comme on regarde toutes les choses éphémères.

Apolline leur apporte trois verres de limonade et des tartelettes au citron meringuées puis repart en virevoltant entre les tables, légère et gracieuse comme une libellule argentée. Ludovic est bavard, il leur raconte les épreuves du bac et plus particulièrement le sujet de la dissertation de philo, sa matière préférée : *Concours de circonstances, destin ou hasard ?* Sa grand-mère lui parle de cela depuis des années, il a eu la meilleure note de sa classe.

Marcel sort une enveloppe de sa poche.

— C'est de notre part à tous les deux. Des cours de conduite, en souvenir de notre première bêtise. Quand tu auras réussi, tu nous emmèneras faire le tour de la ville.

— Je vous emmènerai partout où vous voulez.

Dix-huit ans, c'est le moment des choix. Marguerite sait depuis longtemps qu'il ne sera ni notaire ni gymnaste. Mais ce n'est pas ce jour-là, dans ce salon de thé, qu'il va se décider.

— Tu peux voyager, dit-elle.

— Un an de volontariat, suggère Marcel.

— Je ne sais pas, il y a trop de possibilités.

— Tu vas trouver ta voie, donne-toi le temps, reprend Marcel.

— J'adore recevoir des cartes postales, ajoute la grand-mère.

En dégustant sa limonade, elle savoure cet instant de félicité que lui offre son petit-fils. Elle regarde son jean trop large, la mèche qui lui tombe dans les yeux. Quel cadeau ce garçon ! Sa complicité avec Marcel la ravit. Elle le soutiendra dans ses décisions, quelles qu'elles soient.

Ils saluent Apolline avant de quitter le salon de thé. Ludovic l'embrasse comme on croque la première bouchée d'un petit pain chaud tout juste sorti du four. Marguerite sourit en regardant Marcel et ils décident d'aller faire le tour du parc, de profiter du parfum de l'herbe fraîchement coupée.

Avec sa canne au pommeau travaillé, Marcel a un faux air de gentleman, ce qui n'est pas pour lui déplaire. Les vitrines se succèdent si lentement que Ludovic doit faire un effort pour s'accorder à leurs pas, sa frêle grand-mère accrochée à son bras. Lui, concentré pour trouver le bon rythme. Elle, docile, puisque désormais il le faut.

Il les installe sur le banc face au château, elle frissonne et Marcel enroule son écharpe en cachemire autour de son cou pour la protéger.

— Ne bougez pas, je vais faire une photo, vous êtes si beaux tous les deux.

Les pommettes saillantes, les joues creusées, les rides marquées, les corps fatigués. Fragiles. Au crépuscule de l'âge. Mais pas l'ombre d'une solitude.

Adossé au banc, Marcel regarde la cime des arbres en se disant qu'il n'a jamais emmené Marguerite dormir là-haut. Elle est calme comme un lac, un jour sans vent. Son visage, son attitude reflètent l'assurance paisible d'être aimée. Les grandes mains parcheminées caressent les petites mains froissées.

280

Ils ne parlent pas mais se disent tant de choses. Quatre-vingt-trois et quatre-vingt-huit ans pourtant ces années ne s'additionnent pas. Le temps d'un cliché, le chronomètre suspend sa course perdue d'avance. Marcel et Marguerite sont jeunes et immortels.

Au moment de figer cet instant, Ludovic a conscience qu'il va l'accompagner toute sa vie. Un jour la photo sera dans un cadre, un invité d'un soir s'arrêtera et demandera : « Qui sont ces deux vieux sur un banc ? » Et il répondra : « Mes grands-parents, des gens uniques. »

Il sourit et vérifie la mise au point de son appareil.

— La lumière est magnifique. Le vert du feuillage derrière vous et la couleur de ton manteau, grand-mère, c'est parfait.

— Tu nous donneras un agrandissement ?

C'est peut-être leur dernière photo, pense Ludovic. Il en prend une deuxième.

Un petit garçon vient de mettre un voilier à l'eau, il file à vive allure. La brise décoiffe Marcel. Marguerite se penche vers lui et murmure :

— Il faudrait que nous allions un jour à Paris. Cela fait si longtemps.

Marcel fronce ses sourcils blancs. Il regarde Ludovic, serre Marguerite dans ses bras et lui dit d'une voix qui ne tremble pas :

— Je suis là.

CET OUVRAGE A ÉTÉ COMPOSÉ
PAR PCA
POUR LE COMPTE DES ÉDITIONS J.-C. LATTÈS
17, RUE JACOB – 75006 PARIS
ET ACHEVÉ D'IMPRIMER EN ITALIE
PAR GRAFICA VENETA
EN AVRIL 2016

JC Lattès s'engage pour
l'environnement en réduisant
l'empreinte carbone de ses livres.
Celle de cet exemplaire est de :
300 g éq. CO$_2$
Rendez-vous sur
www.jclattes-durable.fr

PAPIER À BASE DE
FIBRES CERTIFIÉES

N° d'édition : 01
Dépôt légal : mai 2016